张晓风

——

著

# 我还有
# 一片风景
# 要完成

湖南文艺出版社
HUNAN LITERATURE AND ART PUBLISHING HOUSE

博集天卷
CS-BOOKY

# 目录

续——续续——（九歌新版序）

（1）续——

春日迟达，有一天，闲来无事，打算来找一项资料——

唉！以上的句子中有一句其实是谎言，那就是"闲来无事"，"闲来无事"其实是我的"良性幻想"，这件美好的事截至目前尚未发生在我身上。不过，既是谎言，干吗要说？唉，因为古人都是这么说的嘛！

所谓"有一天"，其实是凌晨三点，平常，从早晨起床到深夜，我都是一名像机械人一般的家庭主妇，子时以后，我开始做自己的事。但那一天特别，已是凌晨三点，我还在考虑新家装置的问题，我依然是一名主妇——

忽然想起一个问题，这个问题以前也想过，只是没有去深入探究，这一天显然也没法深入，已经凌晨三点了，难道要彻夜不眠吗？

于是，我稍微查了一下，但五点钟还是去睡了，等以后真的"闲来无事"再说吧！

我所说的这件事，相信注意到的人也不少，那就是，中国人特别爱"续集"。说起来，中国命脉绵长（五千年），主流价值观又稳定，再加上古人不像今人那么"爱自我表现"（台湾人常说成"爱现"），凡事跟着别人走也没什么不可，为别人去"续一续"也挺不错的，何必事事都来标榜"自我创意"呢？

所以，譬如说：

有《世说新语》，就有《续世说》。

有《文献通考》，就有《续文献通考》。

以此类推，下面这些书都是"续书"（限于篇幅不敢多列，且列十四本）。

1. 《续茶经》

2. 《续高僧传》

3. 《续方言》

4. 《续今古奇观》

5. 《续资治通鉴》

6. 《续孟子》

7. 《续西厢》

8. 《续列女传》

9. 《续诗品》

10. 《续画品》

11. 《续皇清经解》

12. 《续近思录》（此续集分别有"汉人版"和"韩人版"，两者不同）

13. 《续博物志》

14. 《续离骚》（其实，这是一本戏剧）

字面上没有"续"，而实际上是续的也很多，例如《西游补》是《西游记》的续集，《隔帘花影》是《金瓶梅》的续集……连张爱玲，在少女时期，也居然写过摩登版的现代《红楼梦》，那也是某种续吧？

老中为什么特别爱持续呢？答案是：

老中就是爱持续。

有本古老的近乎奇幻文学的书，叫《海内十洲记》（题为汉代东方朔所作，一般相信是六朝人的伪托。有趣的是古人的伪和今人的伪不同，古人的伪是自己写了作品却报上名人的名字，以求流传。今人的伪是剽窃别人，以求自利），书中提到在西海凤麟洲有一种用凤嘴加麟角熬制成的黏胶，能把一切断裂的重行胶合，连弓弩的弦线断了，也能黏合。《博物志》更形容汉武帝用此胶续接断弦，然后射了一整天，弓弦仍是好好的，便赐名为"续弦胶"。这样的故事，真令人一思一泫然。啊！让一切崩裂的重合，让一切断绝的重续，这可能吗？这果真是可能的吗？我所身属的这个民族竟是如此渴望续合。神话悄悄道出了整个民族的夙愿，我为那近乎宗教的求永求恒的渴望而泪下。

（2）续续——

低眉信手续续弹

说尽心中无限事

这是白居易的诗《琵琶行》中的句子，写九世纪时某个月夜，江上女子弹琵琶的情事。

一千二百年过去了，因为一首诗，我至今仍能恍见那夜江心秋月之白，仍能与船上宾客共聆那女子既安静又喧哗的心事。

这首我从十三岁起就深爱的诗，我本以为当年佩服的是白居易的诗才，能在白纸黑字间把音乐的听觉之美缕述无遗，真是大本领。但现在我知道不全然是，我所更爱的是那长安女子把一首曲子倾全力弹好的艺术尊严，这跟她的茶商丈夫有没有跑去景德镇附近贩茶一点关系也没有，她就是那天浔阳江上的第一小提琴手，哦，不，第一琵琶手——

　　然而，"续续弹"又是怎样的弹法呢？

　　"继"和"续"原来都是"纟"部的字，和丝和纺织有关系。而这个和女子纺织有关的动作后来竟泛指一切和"永续"有关的事了。当然，反过来说，"断"字也跳离纺织的机杼而和一切的"断绝"有关联了。但，"续"字怎么和音乐挂上因缘的呢？

　　弹钢琴的人脚踩下踏板，是声音延绵，那叫不叫"续"呢？一音未绝另音已启叫不叫"续"呢？还是指弹弦者内心连贯，如山脉千里起伏不断的思绪呢？

　　但无论如何，"低眉信手续续弹"都该是一个艺术工作者最好的写照。

　　低眉，是不张扬，不喧哗。低眉不一定指俯首看乐器，但这个动作至少使弹弦者和群众之间有了一点距离，她不再看群众了，因而有了其身为艺人的遗世独立的风姿。这里说的群众其实也是顾客（或消费者），艺术家是不该太讨好观众的，艺术家的眼睛要从群众身上移开，艺术家要低眉看自己的乐器。

　　信手，是基本功夫的娴熟，她不是努力用手去拨弦才迸出声音来，那声音是因熟极而流，在心而指、指而弦之间根本已贯为一气了。

　　续续弹，或者也是续续谈，是因为心中有事要说，所以慢慢道来。

　　我有点明白了，白居易写的那个半夜在江上拐弹琵琶的女子不是什么"京城琵琶女"，他写的根本就是一千二百年后的我啊，我才是那个深夜灯下不寐，低眉信手续续写的女子啊！

续续弹本不是大难事，只要意志坚强咬紧牙撑下去就可以，但麻烦的是，有人在听吗？这一点，我必须感谢上天厚我，正如浔阳江头的那女子，至少有一船的人在听她，在含泪听她。所以她可以一路弹，弹到曲终。


（3）续版


今人说"再版""三版"，古人其实说"续版"，也说"续刻"。我在三十年前出的这本书，如今由九歌出版社来改版重印。当年的"曾氏序"和《后记》这两篇保留放在附录部分，对于当年曾教授的溢美，我只把它看作"期许"或"预言"，希望假以时日，我能渐渐符合了他所说的境界。现在这一篇序则是新加的，这一番续刻，对我来说，也算难得，因为古今中外的文人大有活不过三十岁的，当然，也大有书籍活不过一世（古人以三十年为一世）的。如今，人也持续存在，书也持续存在，真是一桩好事啊！

细细想来，我才是那续弦之胶，企图留住今昔岁月，我也是那低眉信手续续弹的写作者，在江头，在月下，竟夕不辍，如此一弹，竟弹了五十年。而你，肯是那临风当窗持杯一听的人吗？

晓风

二〇一〇年三月三日

是日喜获次孙女

遇者，
不期而会也

一帙　有所思

. . ｡

# 遇

．
． 。

遇者，不期而会也。
——《论语·义疏》

## 1

生命是一场大的遇合。

一个歌手，在洲渚的丰草间遇见关关和鸣的雎鸠——于是有了诗。

黄帝遇见磁石，蒙恬初识兽毛，立刻有了对物的惊叹和对物的深情。

牛郎遇见织女，留下的是一场恻恻然的爱情，以及年年夏夜，在星空里再版又再版的永不褪色的神话。

夫子遇见泰山，李白遇见黄河，陈子昂遇见幽州台，米开朗琪罗在混沌未凿的大理石中预先遇见了少年大维,生命的情境从此就不一样了。

我渴望生命里的种种遇合。某本书里有一句话,等我去读、去拍案。田间的野老,等我去了解、去惊识。山风与发,冷泉与舌,流云与眼,松涛与耳,他们等着,在神秘的时间的两端等着,等着相遇的一刹—— 一旦相遇,就不一样了,永远不一样了。

我因而渴望遇合,不管是怎样的情节,我一直在等待着种种发生。

人生的栈道上,我是个赶路人,却总是忍不住贪看山色。生命里既然有这么多值得驻足的事,相形之下,会不会误了宿头,也就不是那样重要的事了。


## 2


匆匆告别主人,我们搭夜间飞机前往弗吉尼亚,残雪未消,我手中犹自抱着主人坚持要我们带上飞机的一袋苹果和一个蛋糕。

那年冬天,华盛顿大雪,据说五十年来最盛的一次。我们赶去上一个电视节目,人累得像泥,却分明知道心里有组钢架,横横直直地把自己硬撑起来。

我快步走着,忽然,听到有人在背后喊了一声音调奇怪的中国话。

"你好吗？"

我跟丈夫匆匆回头，只见三个东方面孔的年轻男孩微笑地望着我们。

"你好，你们从哪里来的？"

"我们不会说中文。"脸色特别红润的那一个用英文回答。

"你刚才不是说了吗？"我们也改用英文问他。

"我只会说那一句，别人教我的。"

"你们是 ABC（华裔美国人）？"

"不是。"

"日本人？"

"不是，你再猜。"

夜间的机场人少，显得特别空阔宽大，风雪是关在外面了，我望着三张无邪的脸，只觉一阵暖意。

"泰国人？"

"不是。"

"菲律宾人？"

"不是。"

愈猜不到，他们孩子式的脸就愈得意。离飞机起飞时间已经不多，我不明白自己怎么会站在那里傻傻地跟他们玩猜谜游戏。

"你怎么老猜不到，"他们也被我一阵乱猜弄急了，忍不住大声提醒我，"我们是你们最好最好的朋友啊！"

"韩国人！"我跟丈夫同时叫了起来。

"对啦！对啦！"他们三个也同时叫了起来。

时间真的不多了，可是，为什么我们仍站在那里，彼此用破碎的英文继续说着……

"你们是入了美国籍吗？你们要在这里住下去吗？"

"不要，不要。"我们说。

"观光？"

"不观光，我们要去弗吉尼亚上电视，告诉他们台湾是个好地方。"

"有一天，我们也要去台湾看看。"

"你们叫什么名字？"

他们把歪歪倒倒的中文名字写在装苹果的纸袋上，三个人里面有两个是兄弟，大家都姓李。我也把我的名字告诉他们。播音器一阵催促，我们握了手没命地往出口奔去。

那么陌生，那么行色匆匆，那么词不达意，却又能那么掏心掏肺，剖肝沥胆。

不是一对中国夫妇在和三个韩国男孩说话，而是万千东方苦难的灵魂与灵魂相遇。使我们相通相接的不是我们说出来的那一番话，而是我们没有说出来的那一番话，是三十年的大功，是民族史上血枯泪尽说不完的委屈——所有的受苦民族是血脉相连的兄弟，因为他们曾同哺于咸苦酸痛的祖国乳汁。

我已经忘了他们的名字，想必他们也忘了我们的，但我会一直记得那高大空旷的夜间机场里，那一小堆东方人在一个小角落里不期然的相遇。


3


菲律宾机场意外地热，虽然，据说七月并不是他们最热的月份。房顶又低得像要压到人的头上来，海关的手续毫无头绪，已经一个钟头过去了。

小女儿吵着要喝水，我心里焦烦得要命，明明没几个旅客，怎么就是搞不完。我牵着她四处走动，走到一个关卡，我不知道能不能贸然过去，只呆呆地站着。

忽然，有一个皮肤黝黑、身穿镂花白衬衫的男人，提着个007的皮包穿过关卡，颈上一串茉莉花环。看他的样子不像是中国人。

茉莉花是菲律宾的国花，串成臂粗的花环白盈盈的一大嘟噜，让人分不出来是由于花太白，白出香味来了，还是香太浓，浓得凝结成白色了。

而作为一个中国人，无论如何总霸道地觉得茉莉花是中国的，生长在一切前庭后院，插在母亲鬓边，别在外婆衣襟上，唱在儿歌里：

　　"好一朵美丽的茉莉花……"

　　我搀着小女儿的手，痴望着那花串，一时也忘了溜出来是干什么的。机场不见了，人不见了，天地间只剩那一大串花，清凉的茉莉花。

　　"好漂亮的花！"

　　我不自觉地脱口而出。用的是中文，反正四面都是菲律宾人，没有人会听懂我在喃喃些什么。

　　但是，那戴花环的男人忽然停住脚，回头看我，他显然是听懂了。他走到我面前，放下皮包，取下花环，说：

　　"送给你吧！"

　　我愕然，他说中国话，他竟是中国人，我正惊诧不知所措的时候，花环已经套到我的颈上来了。

　　我还没来得及道一声谢，正惊疑间，那人已经走远了。小女儿兴奋地乱叫：

　　"妈妈，那个人怎么那么好，他怎么会送你花呀？"

　　更兴奋的当然是我，由于被一堆光璨晶射的白花围住，我忽然自觉尊贵起来，自觉华美起来。

　　我飞快地跑回同伴那里去，手续仍然没办好，我急着要告诉别人，越急越说不清楚，大家都半信半疑以为我开玩笑。

"妈妈，那个人怎么那么好，他怎么会送你花呀？"小女儿仍然誓不甘休地问。

我不知道，只知道颈间胸前确实有一片高密度的花丛，那人究竟是感动于乍听到的久违的乡音？还是简单地想"宝剑赠英雄"，把花环送给赏花人？还是在我们母女携手处看到某种曾经熟悉的眼神？我不知道，他已经匆匆走远了，我甚至不记得他的面目，只记得他温和的笑容，以及非常白非常白的衬衫。

今年夏天，当我在南部小城母亲的花圃里摘弄成把的茉莉，我会想起去年夏天我曾偶遇到一个人，一串花，以及魂梦里那圈不凋的芳香。


4


那种树我不知道是黄槐还是铁刀木。

铁刀木的黄花平常老是簇成一团，密不通风，有点滞人，但那种树开的花却疏疏有致，成串地垂挂下来，是阳光中薄金的风铃。

那棵树被圈在青苔的石墙里，石墙在青岛西路上。这件事我已经注意很久了。

我真的不能相信在车尘弥天的青岛西路上会有一棵那么古典的

树，可是，它又分明在那里，它不合逻辑，但你无奈，因为它是事实。

终于有一年，七月，我决定要犯一点小小的错，我要走进那个不常设防的柴门，我要走到树下去看那交柯错叶美得逼人的花。一点没有困难，只几步之间，我已来到树下。

不可置信地，不过几步之隔，市声已不能扰我，脚下的草地有如魔毯，一旦踏上，只觉身子腾空而起，霎时间已到群山清风间。

这一树黄花在这里究竟有多少夏天了？

冥顽如我，直到此刻直翘翘地站在树下仰天，才觉万道花光如当头棒喝，夹脑而下，直打得满心满腔一片空茫。花的美，可以美到令人恢复无知，恢复无识，美到令人一无依恃，而光裸如赤子。我敬畏地望着那花，哈，好个对手，总算让我遇上了，我服了。

那一树黄花，在那里究竟有多少夏天了？

我把脸贴近树干，忽然，我惊得几乎跳起来，我看到蝉壳了！土色的背上有一道裂痕，眼睛部分凸出来，那样宗教意味的蝉的遗蜕。

蝉壳不是什么稀罕东西，但它是我三十年前孩提时候最爱捡拾的宝物，乍然相逢，几乎觉得是神明意外的恩宠。他轻轻一拨，像拨动一座走得太快的钟，时间于是又回到混沌的子时，三十年的人世沧桑忽然消失，我再度恢复为一个一无所知的小女孩，沿着清晨的露水，一路去剥下昨夜众蝉新蜕的薄壳。

蝉壳很快就盈握了，我把它放在地下，再去更高的枝头剥取。

小小的蝉壳里，怎么会容得下那长夏不歇的鸣声呢？那鸣声是渴望？是欲求？是无奈的独白？

是我看蝉壳，看得风多露重，岁月忽已晚呢，还是蝉壳看我，看得花落人亡，地老天荒呢？

我继续剥更高的蝉壳，准备带给孩子当不花钱的玩具。地上已经积了一堆，我用耳朵贴近它背上的裂痕，——于未成音处听其长鸣。

而不知什么时候，有人红着眼睛从甬道走过。奇怪，这是一个什么地方？青苔厚石墙，黄花串珠的树，树下来来往往悲泣的眼睛。

我探头往高窗望去，香烟缭绕而出，一对素烛在正午看来特别黯淡的室内跃起火头。我忽然惊悟，有人死了！然后，似乎忽然间我想起，这里大概就是台大医院的太平间了。

流泪的人进进出出，我呆立在一堆蝉壳旁，一阵当头笼罩的黄花下。忽然觉得分不清这三件事物：死，蝉壳以及正午阳光下亮得人眼眩的半透明的黄花。真的分不清，蝉是花？花是死？死是蝉？我痴立着，不知自己遇见了什么。

我后来仍然日日经过青岛西路，石墙仍在，我每注视那棵树，总是疑真疑幻。我曾有所遇吗？我一无所遇吗？当树开花时，花在吗？当树不开花时，花不在吗？当蝉鸣时，鸣在吗？当鸣声消歇，鸣不在吗？我用手指摸索着那粗糙的石墙，一面问着自己，一面并不要求回答。

然后，我越过它走远了。

然后，我知道那种树的名字了，叫阿勃拉，是从梵文译过来的，英文是 golden shower，怎么翻译呢？翻译成金雨阵吧！

# 月，阙也

:
.
。

　　"月，阙也"是一本两千年前的文字专书的解释。阙，就是"缺"的意思。

　　那解释使我着迷。

　　曾国藩把自己的住所题作"求阙斋"，求缺？为什么？为什么不求完美？

　　那斋名也使我着迷。

　　"阙"有什么好呢？"阙"简直有点像古中国性格中的一部分，我渐渐爱上了阙的境界。

　　我不再爱花好月圆了吗？不是的，我只是开始了解花开是一种偶然，但我同时学会了爱它们月不圆花不开的"常态"。

　　在中国的传统里，"天残地缺"或"天聋地哑"的说法几乎是毫无疑问地被一般人所接受。也许由于长期的患难困顿，中国神话中对天地的解释常是令人惊讶的。

在《淮南子》里，我们发现中国的天堂和中国的大地都是受过伤的。女娲以其柔和的慈手补缀抚平了一切残破。当时，天穿了，女娲炼五色石补了天。地摇了，女娲折断了神鳖的脚爪垫稳了四极（多像老祖母叠起报纸垫桌子腿）。她又像一个能干的主妇，扫了一堆芦灰，止住了洪水。

中国人一直相信天地也有其残缺。

我非常喜欢中国西南部纳西族的神话，他们说，天地是男神女神合造的。当时男神负责造天，女神负责造地。等他们各自分头完成了天地而打算合在一起的时候，可怕的事发生了：女神太勤快，她们把地造得太大，以致于跟天没办法合起来了。但是，他们终于想到了一个好办法，他们把地折叠了起来，形成高山低谷，然后，天地才虚合起来了。

是不是西南的崇山峻岭给他们灵感，使他们想起这则神话呢？

天地是有缺陷的，但缺陷造成了皱褶，皱褶造成了奇峰幽谷之美。月亮是不能常圆的，人生不如意事十之八九。当我们心平气和地承认这一切缺陷的时候，我们忽然发觉没有什么是不可以接受的。

另一则汉民族的神话里，说到大地曾被共工氏撞不周山时撞歪了——从此"地陷东南"，长江黄河便一路浩浩渺渺地向东流去，流出几千里的惊心动魄的风景。而天空也在当时被一起撞歪了，不过歪的方向相反，是歪向西北，据说日月星辰因此哗啦一声大部分都倒到那个方向去了。如果某个夏夜我们抬头而看，忽然发现群星灼灼然的方向，就让我们相信，属于中国的天空是"天倾西北"的吧！

五千年来，汉民族便在这歪倒倾斜的天地之间挺直脊骨生活下去，只因我们相信残缺不但是可以接受的，而且是美丽的。

而月亮，到底曾经真正圆过吗？人生世上其实也没有看过真正圆的东西。一张葱油饼不够圆，一块镍币也不够圆。即使是圆规画的圆，如果用高度显微镜来看也不可能圆得很完美。

真正的圆存在于理念之中，而在现实的世界里，我们只能做圆的"复制品"。就现实的操作而言，一截圆规上的铅笔芯在画图的起点和终点时，粗细已经不一样了。

所有的天体远看都呈球形，但并不是绝对的圆，地球约略近于椭圆形。

就算我们承认月亮约略的圆光也算圆，它也是"方其圆时，即其缺时"。有如十二点整的钟声，当你听到钟响时，已经不是十二点了。

此外，我们更可以换个角度看。我们说月圆月缺其实是受我们有限的视觉所欺骗。有盈虚变化的是月亮，而不是月球本身。月何尝圆，又何尝缺，它只不过像地球一样不增不减地兀自圆着——以它那不十分圆的圆。

花朝月夕，固然是好的，只是真正的看花人哪一刻不能赏花？

在初生的绿芽嫩嫩怯怯地探头出土时，花已暗藏在那里。当柔软的枝条试探地在大气中舒手舒脚时，花隐在那里。当蓓蕾悄然结胎时，花在那里。当花瓣怒张时，花在那里。当香销红黯委地成泥的时候，花仍在那里。当一场雨后只见满丛绿肥的时候，花还在那里。当果实成熟时，花恒在那里，甚至当果核深埋地下时，花依然在那里……

或见或不见，花总在那里。或盈或缺，月总在那里。不要做一朝的看花人吧！不要做一夕的赏月人吧！人生在世哪一刻不美好完满？哪一刹不该顶礼膜拜感激欢欣呢？

因为我们爱过圆月，让我们也爱缺月吧——它们原是同一个月亮啊！

# 问名

· 
· 
○

万物之有名，恐怕是由于人类可爱的霸道。

《创世记》里说，亚当自悠悠的泥骨土髓中乍醒过来，他的第一件"工作"竟是为万物取名。想起来都要战栗，分明上帝造了万物，而一个一个取名字的竟是亚当，那简直是参天地之化育。抬头一指，从此有个东西叫青天，低头一看，从此有个东西叫大地，一回首，夺神照眼的那东西叫树，一倾耳，树上嘤嘤千啭的那东西叫鸟……而日升月沉，许多年后，在中国，开始出现一个叫仲尼的人，他固执地要求"正名"，他几乎有点迂，但他似乎预知，"自由"跟"放纵"，"爱情"和"色欲"，"人权"和"暴力"是如何相似又相反的东西，他坚持一切的祸乱源自"名实不副"。

我不是亚当，没有资格为万物进行其惊心动魄的命名大典。也不是仲尼，对于世人的"鱼目混珠"唯有深叹。

不是命名者，不是正名者，只是一个问名者。命名者是伟大的开创家，正名者是忧世的挽澜人，而问名者只是一个与万物深深契情的人。

·

也许有几分痴，特别是在旅行的时候，我老是烦人地问：

"那是什么？"

别人答不上来，我就去问第二个，偏偏这世界就有那么多懵懂的人，你问他天天来他家草坪啄食的红胸绿背的鸟叫什么，他居然不知道。你问他那条河叫什么河，他也好意思抵赖说那条河没名字。你问他那些把他家门口开得一片闹霞似的花树究竟是桃是李，他也不负责任地说"不清楚"。

不过，我也不气，万物的名氏又岂是人人可得而知的。别人答不上来，我的心里固然焦灼，但却更觉得这番"问名"是如此慎重虔诚，慎重得像古代婚姻中的"问名"大礼。

·

读《红楼梦》，喜欢宝玉的痴，他撞见小厮茗烟和一个清秀的女孩子在一起，没有责备他的大胆，却恨他连女孩子姓什么叫什么都不知道。不知名就是不经心，奇怪的是有人竟能如此不经心地过一生一世。宝玉自己是连听到刘姥姥说"雪地里女孩精灵"的故事，也想弄清楚她的姓名而去祭告一番的。

．
○

有一次，三月，去爬中部的一座山，山上有一种蔓藤似的植物，长着一种白紫交融细细披纷的花。我蹲在山径上，凝神地看，山上没有人，无从问起。忽然，我发现有些花已经结了小果实了，青绿椭圆，我摘了一个下山去问人，对方瞄了一眼，不在意地说：

"那是百香果啊，满山都是的！现在还少了一点，从前，我们出去一捡就一大箩。"

我几乎跺足而叹，原来是百香果的花，那么芳香浓郁的百香果的花。如果再迟两个月来，满山岂不都是些紫褐色的果子？但我也不遗憾，我到底看过它的花了，只可惜初照面的时候，不能知名，否则应该另有一番惊喜。

．
○

野牡丹的名字是今年春天打听出来的，一旦知道，整个春天竟然都过得不一样了。每次穿山径到图书馆影印数据，它总在路的右侧紫艳艳地开着，我朝它诡秘一笑，心里的话一时差不多已溢到嘴边：

"嗨，野牡丹，我知道你的名字了，蛮好听的呀——野牡丹。"

它望着我，也笑了起来，像一个小小女孩，又想学矜持，又装不来。于是忍不住傻笑：

"咦？谁告诉你的？你怎么晓得我的名字的？"

.
。

"安娜女王的花边"（Queen Anna's Lace）是一种美国野花的名字，它是在我问遍朋友没有一个人能指认得出来心灰意冷的时候，忽然获知的。告诉我的人是一个女画家，那天，她把车子停在宁静安详的小城僻路上，指着那一片由千百朵小如粟米的白花组成的大花告诉我，我一时屏息瞪目，简直不敢相信那是真的。当下只见路边野花蔓延，世界是这样无休无止的一场美丽，我忽然觉得幸福得不知说什么才好。恍如古代，河出图，洛出书——那本不稀奇，但是，圣人认识它，那就不一样了。而我，一个平凡的女子，在夏日的熏风里，在漫漫的绿向天涯的大地上，只见那白花欣然怡悦地浮上来，像河图洛书一样地浮上来，我认识它吗？一朵花里有多少玄机，太平盛世会由于这样一个祥兆而出现吗？

我如呆如痴地坐着，一朵花里有多少玄机？

.
。

三月里，我到东门菜场外面的花店里去订一束花，那女孩听不懂，我只好找一张纸，一边画，一边解释：

　　"你看，就是这样，一根枝子，岔出许多小枝子，小枝子上有许许多多小花，又小，又白，又轻，开得散散的……"

　　"哦，"不等我说完，她就叫了起来，"你是说满天星啊！"

　　（后来有位朋友告诉我，那花英文里叫 baby's breath——婴儿的呼吸，真温柔，让人忍不住心疼起来。）

　　第二天，我就把那束订购的开得密密的满天星抱回家，觉得自己简直是宇宙，胸襟前都是星。

　　我把花插在一个陶罐子里，万分感动地看那四面迸射的花。我坐在花旁看书，心中疑惑地想着，星星都是善于伪装的，它们明明那么大，比太阳还大，却怕吓倒我们，所以装得那么小，来跟我们玩。它们明明是十万年前闪的光，却怕把我们弄糊涂了，所以假装是现在才眨的眼……而我买的这束满天星会不会是天星下凡来玩一遭的？我怔怔地看那花，愈看愈可疑，它们一定是繁星变的，怕我胆小，所以化成一束怯怯的花，来跟我共此暮春，共此黄昏。究竟是"星常化作地下花"，还是"花欲升作天上星"呢？我放下书，被这样简单的问题搞糊涂了。

．
o

菜单上也有好名字。

有一种贝壳，叫"海瓜子"，听着动人，仿佛是从海水的大瓜瓢里剖出的西瓜子，想起来，仿佛觉得那菜真充满了一种嗑的乐趣——嗑下去，壳张开，瓜子仁一般的贝肉就滑落下来……还有一种又大又圆的贝类，一面是白壳，一面是紫褐色的壳，有个气吞山河的名字，叫"日月蚶"，吃的时候，简直令人自觉神圣起来。不知道日月蚶自己知不知道它叫日月蚶——白的那面像月，紫的那面像日，它就是天地日月精华之所钟。

○

吃外国东西，我更喜欢问名了，问了，当然也不懂，可是，把名字写在记事本上，也是一段小小的人生吧！英雄豪杰才有其王图霸业的历史记录，小人物的记事册上却常是记下些莫名其妙的数据，例如有一种紫红色的生鱼片叫玛苦瑞，一种薄脆对折中间包些菜肴的墨西哥小饼叫"他可"，意大利馅饼"比萨"吃起来老让人想起在比萨斜塔（虽然意大利文那两字毫不相干）。一种吃起来像烤馒头的英式面包叫"玛芬"，Petit Munster（小芒斯特）是有点臭咸鱼味道的法国奶酪，Artichoke（洋蓟）长得像一朵绿色的花，煮熟了一瓣瓣掰下来蘸牛油吃，而"黑森林"竟是一种蛋糕的名字。

记住些乱七八糟的食物名字当然是很没出息的事情，我却觉得其中有某种尊敬。只因在茫茫的人世里，我曾在某种机缘下受人一粥一饭，应当心存谢忱。虽然，钱也许是我付的，但我仍觉得每一个人的盘碗，都有如僧人的钵，我们是受人布施的托钵人，世界人群给我们的太多，我至少应该记下我曾经领受的食物名称。

·
。

有时我想，如果我死，我也一定要问清楚病名。也许那是最后一度问名了。

人生一世，问的都是美好的名字，一盘好吃的菜肴，一块红得半透明的石头，一座山，一种衣料，一朵花，一条鱼……

但是，有一天，我会带着敬意问我敌人的名字，像古战场上两军对垒时，大英雄总是从容地问：

"来将通名！"

也许是癌，也许是心脏病，也许是脑出血……但是，我希望自己有机会问名，我不能不清不白地败在不知名的对方手下。既然要交锋，就得公平，我要知道对手叫什么名字，背景如何，我要好好跟他斗一斗。就算力竭气绝，我也要清清楚楚叫出他的名字：

"××，算你赢了。"

然后，我会听见他也在叫我的名字：

"晓风，你也没输，我跟你缠斗得够辛苦的了！"

于是，我们对视着，彼此行礼，握手，告退。

最后的那场仗，我算不算输，我不知道，只知道，我要知道对方的名字，也要跟他好好拼上许多回合。

.
。

自始至终，我是一个喜欢问名的人。

# 它们都不讲理

·
·
。

## 之一　花中的横井庄一

匆匆走过山径，没想到那丛野牡丹还紫在那里。连一向跟花共生的绿色耀金的小甲虫也一一伏在那里。

"怪事了！"虽然忙，我也忍不住停下脚来呆呆地望着它。

没有人告诉你吗？现在，已经是夏天了，你这属于春天的山花怎么还守着这个据点死不放弃？你是花里面的日本军人横井庄一吧？春花的战事已经结束了，万紫千红的部属已经撤退了，却没有人来通知你，所以你就糊里糊涂每天仍然在射击许多发花花蕊蕊。

你就是春天部队里那名不投降的士兵吧，忠心得有点过分，抵死不肯侍奉夏天这个新朝代。

或者你是退入山区的野战游击队，当都市里的春天宣布失守的时候，你还不甘心地负隅顽抗。你的部队数目够吗？熏风的补给够吗？蓓蕾的枪弹够吗？你们还能打几发美丽？

或者你不是军人，而是一个忘年的隐者吗？或竟是花中的仲尼，"发愤忘食，乐以忘忧，不知老之将至"，你也因开得太高兴，一时误以为自己还正年轻如花中孔夫子吗？或者和我一样，是个贪图青天白云竟忘了睡觉休息的痴种吗？

但是，不管你是谁，六月了，还开在这里，真叫人着急，你这样不守规矩在校园里大开特开，岂不公然跟植物教授作对吗？我劝你还是做个乖孩子，早睡早起吧，今年早点谢，明年早点开，好吗？

真的，请你不要再犯规了，你会搞得天下大乱的，彗星不守规矩地乱划长空，山风不守规矩地乱掀相思林。你，千万别跟它们学，你安安分分的吧！不然，整个校园都会给你那固执的紫弄得魂不守舍的，真的，你要知道，已经夏天了。


## 之二　花闹


那种花，听说叫黄槐，种在廊前的南圃里。

夏末秋初，它开了一花圃，倒也没有什么。但不知怎么，忽然有一天早晨，它竟大模大样地爬到走廊上来。不得了，怎么没有人预先训示它节育计划？花的"人口膨胀"真是吓人，似乎每一天它都在依等比级数而繁殖，弄得到处一片娇黄。

我发愁起来，眼见它爬上走廊硬抢走了一米的领域，老师，学生，上课，下课，大家只好绕着走，恐怕踩了它。

"要叫总务处来剪！"许多人生起气来，"不像话。"

真的，再不剪，眼见得就要逼进教室和办公室里来。

怎么有这么笨的花，竟不知道花是该开在花圃里的，走廊是给人走的，你硬要跑上来拦路，终归会出问题的。

可是，它不理，依旧乱开一气，我跳来跳去在花里走，简直觉得自己是一只蝶。真奢侈，今年薄秋，也就摆这一次阔吧！反正这种开花法也开不久的。

总务处到底采取行动了，一把花剪咔嚓咔嚓几声，花魄就给收服了，一堆堆缩得小小的，又回到花圃里去了。也不知是不是正在卧薪尝胆，生聚教训，准备君子报仇。

明年，九月，你仍会有出击行动吗？你仍会抢滩登陆把我们弄得进退失据吗？等你兵临城下，像旧戏里的罗成来叫关的时候，我们要不要给你开城门呢？

有些花不守时间，有些花乱抢地盘，你，最好不要乱来，医学院的学生都那么乖，他们正认真地解剖胸腔、腹腔，然后解剖四肢和头骨、颜面，你不要捣乱，你会带坏他们的。

真的，我们都是些规规矩矩、安分守己的人，禁不住你们这样胡闹，你一闹，我们全没了主意，全慌了心，我们对美的抵抗力是很脆弱的啊！

## 之三　变叶

溪头有许多树，高大美丽，不可狎玩——溪头当然也有小树，不过连小树也都如王子和公主，从幼年就隐然有一种君临天下的气象。

奇怪的是，早晨起来，独见有一株树，上面还翠着，下面的枝子却东西南北乱伸出去，不见一丝绿色。

代替绿色的一枝一枝站得满满的白鸽，别的树是皇族，这一株却有野老之风，容得了人。从白鸽那种端然不动、怡然自足的架势看来，它们显然是把自己看成一种被吸收被接纳的树叶了。真是荒谬，几曾看过树会长出这种白叶子来？即使有白叶子，这种针枞杉树也不该有那么大的叶子。好，就算我们特准它长得那么大，也没听说过叶子会咕咕咕咕地说个不停的，不但如此，还有更离谱的怪事，作为一片叶子，它竟振翅一飞，并且满林盘桓，最后竟又飞回到树上去了。向来只有枯叶辞枝的事，几曾见过离枝的叶子又飞回来生长的怪事？

我得要去请教森林系的系主任，林场里什么时候出现了这奇怪的变种树，也许系主任会带我去翻一本很专门的论文，也许他也搞不懂为什么会有这种奇怪的变叶。

我去看竖在地上的小木牌，上面这样写着：

峦大杉
本省固有，为重要之建筑、电杆、棺椁及铅笔杆之材料。

奇怪，我心里想，我一定跟它认识的。曾经，我用过它做的铅笔。曾经我住在以它为建材的房子里。曾经，我用这种木料为电线杆传电。而总有一天，我会躺在它安详的木纹上以它为垫被，以它为罩毯，沉沉睡去。

奇怪，如此依仗于它，如此深契于它，我却弄不清它怎会如此长满一身变叶。银白的叶子，阔大的叶子，咕咕然说个不停而又旋飞旋回的叶子。


## 之四　窗台上的教员

那年五月，小说课，教室临窗，窗外一片恼人的稠绿。

光是绿，倒也罢了，这天早上却偏偏又跑来一只不讲理的棕灰色小鸟，蛮横地往窗台上一站，竟叽叽喳喳地开起讲来了。

我忍气吞声地瞪它一眼，它却旁若无人地讲得更起劲了。

这件事太岂有此理，你难道自己不会去瞧瞧吗？全校的课程表都挂在那里，中三，周六，八点到十点，第九教室，小说选及习作，教员是张晓风，每件事情不都清清楚楚吗？你跑来插什么嘴？

吱——吱——吱吱——吱……

所有的学生一时都偷眼看起它来。

太可恶了，难道你也懂"唐人传奇"吗？难道你也研究过"宋人平话"吗？你发表过有关《红楼梦》或者《西游记》的报告吗？凭什么你也敢来信口开河。

吱——吱——吱吱吱吱……

学生不再偷眼看它，学生已经公然望着它了。

哼！我得问问教务处去，难道他们新聘了一位小鸟做教员？好，就算有这么回事，你也不该跑到我的班上来抢地盘，你到底是哪个系的，你走错教室了吧？你是喝多了花香，颠倒起来了吧？

这班学生，我已经从去年秋天教到冬天，然后又教到今年春天，我们已经《山海经》过，穆天子过又四大奇书过，你，既没有讲义又没有课本，你声势夺人地霸占在那里到底算什么呢？

可是，不管它有没有学问，不管它有没有通过学校的聘任委员会，不管它有没有教育主管部门承认的教授资格，最气人的是，它倒真

的会讲，至少，全班学生的眼睛竟一时都发起亮来。

吱吱——吱吱吱吱——吱……

它竟然愈讲愈精彩了，我也一时目瞪口呆，不知不觉间已拱手让了贤。这家伙真厉害，也不知是何方宿儒，分明是一代大师的规模气度，我教的是小说，它教的竟是大说呢。我对它又嫉妒又佩服。

下课钟响，它走了，从此没有再回来过。我也没有去教务处质问，我始终不知道他们是不是新聘了一位小鸟做客座教授。

年年五月，上小说课的时候，我都忍不住偷眼再看看窗台，不知道自己是期待还是排斥它的出现。


## 之五 杂货店前的《西铭》

隆冬的早晨，我在一家小杂货店门口买了份报纸。

然后我看到一个男孩走来，买了面包和牛奶，站在那里吃起来。他一面吃，一面低头看手上一份东西，我瞄过去，老天，居然是张载的《西铭》。

"乾称父，坤称母，予兹藐焉，乃浑然中处……"那样光灼日月的东西应该高高地挂在当年书院的西墙上，和东墙上的智慧，彼此朝阳夕晖一般地映衬着才是，怎么一代宗师的东西竟会压成如此薄薄的一小张纸，毫不费力地捏在一个男孩的手里？何况，他又正在吃着张载从来没吃过的牛奶面包的早餐。

我愣在那里，真没道理，我实在想不出这两件事情有什么关联性，马路、车站、小杂货店、统一牛奶、菠萝面包，和那张薄纸——《西铭》。

那男孩心不在焉地吃着，也没发现我正盯着他看，只顾凝神看他的《西铭》。牛奶面包似乎几秒钟就吃完了，他仍在看《西铭》。我忽然悟出来了，这几天正是期末考，这男孩正在苦读他的"大一国文"。

当然，张载并不知道什么叫期末考，什么叫"大一国文"。

算了，不管他，张载不知道的事多着呢，他不知道有一个城叫台北，他不知道有一个小店在信义路二段，他不知有一路公共汽车叫20路。他不懂什么叫必修课程，什么叫四学分，他也不知道这男孩今天早晨要碰到的期末考——不过，有一件事是确定的，隔着一千年，我们却知道张载，以及他的《西铭》，那就够了。

"……民，吾同胞；物，吾与也……"他小声地念着，"凡天下之疲癃、残疾、惸独、鳏寡，皆吾兄弟之颠连而无告者也。"

好吧，民胞物与，我不再坚持了。《西铭》，可以张贴在书院的高墙上，也可以捏在一个男孩女孩的手上，可以在杂货店门口读，也可以在公共汽车上读，我们已经把它读了一千年，我们还可以咬

着牙再叫我们的子孙读它一千一万年。民胞物与，即使在火箭上或月球上也可以读的啊……

不知什么时候，眼睛竟热涨起来……


# 之六　芋叶之可能

车往山上爬，山往云上爬，云往无处爬，我却跌下来被夹道的绿催眠了。像故事中的陈搏，一卧九百年，忽然不知世上已是几世几劫。

乍然醒来，只见车窗外一道枯涧挂在山壁上，涧里一片片绿色的芋头叶子。只是等我定神再一看，哪里有芋头叶子，只是一些浑浑噩噩的大石头罢了。奇怪，我怎么会把石头看作芋头叶子的？这件事太没道理也太蹊跷。我想再细看一眼，车子却走远了。

是因为石头太绿了吗？它收集了一身的苍苔，又站在参差错落的绿树下，绿得如此圆润鼓胀，好像一阵雨后就会再长厚一点长大一点，说它像芋头叶子，也不能算太荒谬吧！

也许我根本没看错，我的确看到了芋头叶子，在梦的末一章。然后，我看到石头，在醒的第一章。究竟我是见叶者或是见石者，我是把梦里的芋叶移植到醒里来了，还是把醒时的石头回映到梦里去了?

　　不过,想来还有另外一个可能,那些芋头叶子全是石头变的,这些石头在山里,千年万载,吸风纳露,修炼久了,一时度化不成动物,却度成了植物,但道行还不高,明眼人定神一看,就现了原形。

　　其实,你这傻瓜,做石头有什么不好?别再三心二意了,一切石头想度成植物,做了植物又想度成动物,度成动物又想修得人身,等修得人身呢?却又想恢复为无知无识的石头了。

　　对了,还有一种推理,那就是我的确看到一大片芋头叶子,但它们曾长期渴望改换自己的身份去做石头(深褐色的芋头本来就是石头的表亲),它们等待了又等待,它们一直在学石头的沉潜渊静、石头的厚重突兀,于是,有一天,天神说:"可以了,你可以做石头了。"而在那快不及秒的刹那,大化自以为神不知鬼不觉的当儿,我竟是唯一的目击者。目击芋头叶子变成石头的神奇不着痕迹。

　　那石头真没道理,到底是怎么回事?我简直被它弄糊涂了,当然,也许我该说的是芋头叶子无理。总之,我是被它们弄得头脑不清了,我发现我必须赶快抽身,否则,眼看着,我不单弄不清楚石头和芋头叶子之间的关系,更糟糕的是,我快要弄不清楚石头、我和芋头叶子三者之间的关系了。

　　车往山上爬,山往云上爬,云往无处爬,如果再折回去,我会看见什么?是石头,抑或是芋头叶子,而对方又会看到什么?是我?

抑或是绿绿凉凉的清风？


## 之七　三百六十次月圆事件


十二月三日，黄昏，我在圆山下车，打算钻过地下道，转车到大直演讲。猛抬头，一弯月亮在高架桥上，蹿起丈许，威风凛凛地亮着。

怎么就圆了呢？阴历是几号？真丢脸，身属一个过太阴历的民族怎么却把月亮的盈虚也搞混了呢？

地下道张着大口，不知怎么，月下竟有几分像岩穴。当初必有人从那样的洞窟里走出来，瞠目结舌，惊见那幅太古的月亮！但是，而今怎么搞的？月光竟会恍惚地又巡逻到地下道的通口来。

而此刻车轮蹚过如水，满江急流中，我是举足涉向彼岸的过客。一座赛钱柜（就是寺庙门口供人投钱的那种东西）似的垃圾箱忠心而卑微地站在身旁。我不能决定它是诗意的还是不诗意的，我从囊袋里取出一个橘子，澄黄浑圆而又芬芳，那是我演讲前唯一的食物了，我定定地望着月亮一瓣一瓣地吃着，一面把皮核丢进筒中，忽然我觉得自己是一个会做法的人，那每一瓣清凉都分明是月光。

吃完了月光，我感到全身透明剔亮起来。

回头望，一切都变了，真个是"雾失楼台，月迷津渡"，这圆山，什么时候变了的？小学，我们的校歌是"圆山虎啸，剑潭水清"，大学，以及大学毕业以后，这条路是天天走的，什么时候，它变了的？都不告诉我一声，它竟变了。

不是有一个小小的烧饼店在动物园门口吗？不是有一个嘴馋的女孩老远跑来买吃的吗？她不是兴奋地去看老虎跳火圈吗？怎么一眨眼，来画大象的竟是她的儿子呢？小小的烧饼店又到哪里去了？什么时候月亮竟搞了三百六十次月圆事件？

我生气地走下地下道去，再也不要理那盏月光。

# 画中人

∴
○

那夜，你俯身在丝绒的大沙发上，望着我，很艰难地说：

"你们——你们——你们就——"

地毯平舒洁净，丝绒沙发像夏夜空气一般柔和，草坪在落地窗外绿着，星在天上悬着，我不知道你为什么嗫嚅着说不出话来。

"你们就——就——就还是，这样，住在台湾吗？"

我的血哗一声卷起，扑下，好一道浪头！我听明白你的话了，并且也知道你为什么说得那么艰难，甚至，你由于善意而不忍出口的话是什么，我也知道了。

那天晚上，你真正要说的是：

"老朋友，我不懂你为什么一直住在台湾，你看，中国人在美国，也可以混得跟我一样好，在上流的小区里，买一幢不错的房子，有个不错的职业，让孩子读不错的学校。你为什么一直住在那个小岛上？

　　"你知道那个岛多么小，你知道那个岛只是中国大陆的三百分之一，你知道你在那里并不安全，你不想把自己弄出来吗？万一，万一……"

　　应该感谢你的关怀，否则你不会在那样不眠的深夜里这样问我。

　　也应该感谢你的忠厚，因为有些话，虽然明明在你的眼睛里，你却怕伤害了我而不愿说出口。

　　我没有被伤害——因为很久以来我已经暗自决定我一定不要做一个容易受伤害的人。

　　"我们还是住台湾。"我以为我会哭，或者会仰天大笑，但没有，我只是以那样平静的，小声的，甚至有几分艰涩的声音缓缓地说，"我们的原则很简单，上帝既然把我们造成一个中国人，我们就选择住在中国的土地上。"

　　就像松树昂立在松树林里，芦荻生根在芦荻丛中，一个中国人生活在中国的土地上难道不是最自然的事吗？这件事，既不需要善意的怜悯同情，也不需要被人当烈士似的崇敬。

○

　　少年时，读复虹年轻时代的诗：

　　当我赤足走过风雪

043

你是画外的人

正观赏那茫茫的景致

当时只觉得诗中有千般凄凉，少年时看什么诗都是情诗。但如今，芒鞋踏尽天涯路，两袖征尘中重来辨认那句子，依然觉得那是情诗。不同的是，少年时看它是男女之情，如今看它是酸极痛极的家国之思。

⦁

我是那画中人，站在固定的时间和空间里，我是"风雨归牧"图，我是"寒江独钓"图，我是"溪山万里"图，我不能走开，我有一片风景要完成。没有人规定我，但我不能走开，因为我已经属于那片天光云影。你可以走开，如果你是画外的人。

⦁

有一次，在美国南方旅行，照例寄住在别人家里，倦旅之余，清晨醒来，窗前青草丰软，绿漫漫地齐眉直涨上来，涨得我不敢逼视，院外远方是弗吉尼亚漂亮的细高的群树，我一时不知是梦是真，那一切，祥和宁静得令人心酸，我忽然流了一脸的泪。美国是可爱的，一幢幢房子嵌在厚厚绿绿的草坪中间，美好有如童话。拒绝纽约的摩天楼很容易，但那样广阔纯洁的草坪，朝阳下闪烁晶莹看来有如露水的养珠场，看来却让人难舍。人生不应该是这样的吗？与战争绝缘，与贫困绝缘，人生本来不就应该是这样的吗？

我流泪，因为我知道，我爱它，我感到它的美丽，我知道那是我疲倦焦苦的灵魂渴望休憩的地方，但我更知道，此生此世我不要留下来。绝对绝对不要留下来。

⋮

我回到没有草坪的台北公寓里。

如果有人在号哭，我虽不能伸长臂去擦干他们的泪水，但我要坐在一个贴近他们的位置。

如果有人的船只在大浪的尖齿中被咬裂，我虽不能舍身相救，但我要满怀敬意地听他们最后的心跳，感受他们最后的呼吸。

如果有人执戟而戍守，我虽不能与他同其行伍，但我要注视着他枪上的准星座，如同他是我的父兄或子弟。

如果有人在建设一块土地，如果有人在树立中国的尊严，如果有人在简简单单地想让大家吃得更好穿得更好住得更好，我不能原谅我自己不在其中。

我是那画中人，属于东方，属于中国的一幅画。

潇洒不再是我的权利，只有“画外人”才能潇洒，因为他无所归属。

作为一个画外人，可以说：

"你们台湾……"

"他们大陆……"

"我们在美国……"

○

老朋友，一别十七年，我并不想查看你拿的是护照还是美国公民证，今夕何夕，我没有意思跟你谈政治。知道你生活得很好，知道你关怀我们，知道你心中还叨念着哺育你成长的土地，已经够了。只要看到你把孩子赶去睡了之后大谈师大牛肉面，已经很够很够了！

只是，你问了那样的问题：

"你……还是住在台湾吗？"

像古老年代中的比武英雄，轻轻地不着痕迹地一交锋，便彼此感到五内俱裂的震颤。我们彼此触到最痛的地方了。

我还住在台湾，如果它是万千农人可以住的地方，如果它是万千工人和渔民可以住的地方，如果它是一千七百万人可以住的地方，它也是一个在这里接受小学中学和大学教育的人，如我，可以住的地方。它不是安全的，它从来也没有安全过，但是凭什么我要走开？没有人能确知这世界上哪一个角落是最安全的，但我知道我们会活得有其应有的尊严。

我们是画中人，赤足行过风雪。

而某些人却伸出指指点点的手，在空气调得适度的屋子里，戴着丝质的白手套，他们是画外人。

∶

只是一个不信邪的人，只是一个不服输的人，只是一个敢跟人斗一口气到底的人，只是一个咬着牙赤足行过风雪的画中人。

你问我吗？我，还是住在台湾。

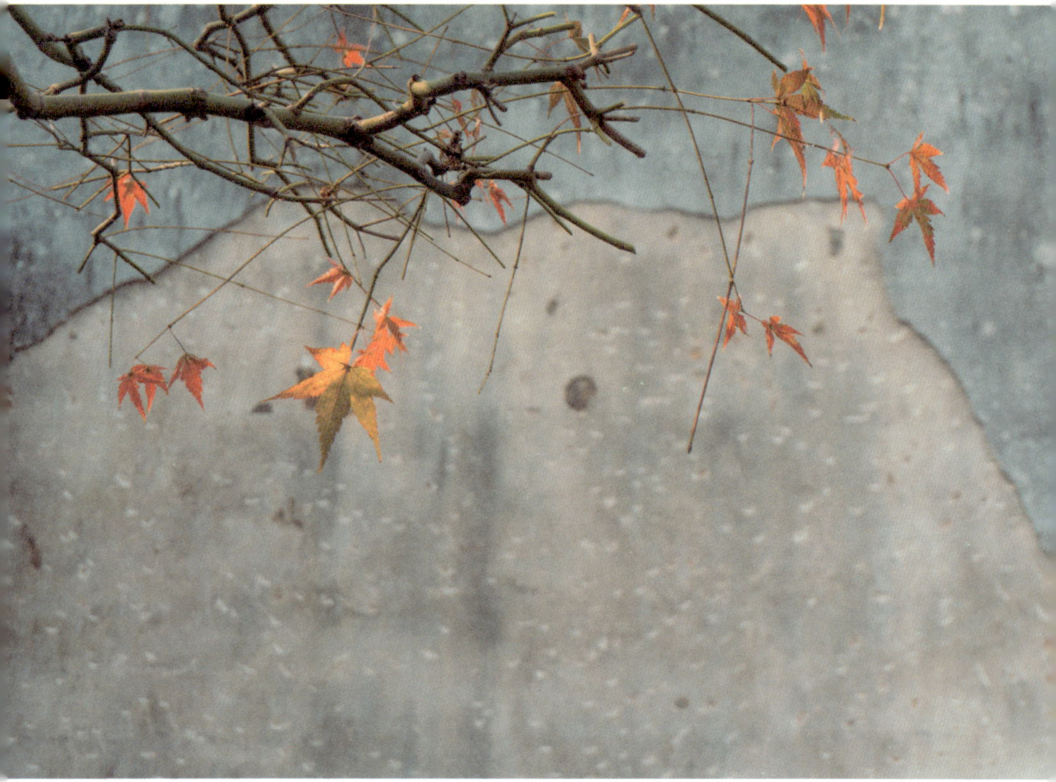

# 丝路，一匹挂红

——夜读《丝路之旅》有感

·
·
○

    曾有一行脚印，带着东方的紫气西向而去，一路走，一路走，竟走出一条丝路来了。

    旅行者仰脸看星空，星空里流过清浅的银河，而丝路是地上的银河，一路流泻着柔柔的丝光。从长安，流过酒泉，流过敦煌，流过波斯，流到地中海，流到罗马……那条路是东方和西方少年时代的恋情，他们彼此乍惊于对方的美丽丰富，他们探索着，想更了解对方。那条路是一条不受干扰的热线，一往一返，一返一往，迭起他们互换的黄金珍宝，以及信息。那条路是一条感性的相"思"路，那条路是一条知性的"思"想路。

    那条路令人虔诚，每一个奔走于这条路上的人都是玄奘，他们都是取经人，他们也都是送经人。当然，你可以说他们是商贾，但他们却是传经人，他们把东方送给西方去传诵，他们把西方带给东方去钻研。

那条路是一条漫长的神话路，有最可怕和最艳魅的妖怪，有最荒凉的死谷和最怡人的仙乡。《西游记》该只是那条路上的故事的一部分。

那条路牵起长长的红丝罗，多么长的一匹挂红，东方和西方在艳丽的丝罗下结了姻缘。

春天来时，所有的桑树都猛然绿起来，肥厚的桑叶挂在那里，好一株原料仓库！春天的中国，宅院几乎淹没在桑树丛里。（那好听的、孩子念书的声音从窗口飘出，他们念的是新上口的《孟子》："五亩之宅，树之以桑。"）而蚕是最干净的纤维工厂，于是到了暮春时节，每个女子都在缫丝，她们偶或会抬头西望，怅怅地问：

"这一锅丝要留给他们——他们那边又是什么地方？他们也爱穿丝吗？他们的女孩长的是什么样子？"

在意大利，在阿富汗，那高髻的贵族女子穿的岂仅是丝，那是中国大江南北每一棵春来的绿意，是朝朝暮暮每一双中国女子柔荑下流动的思绪。东方女子和西方女子共享着曾在一个茧头上抽下来的新丝。

但西方渐渐长大，不再是那柔情的少年，他们的爱恋死亡了。西方第二次来的时候是从海上，大船冲开巨浪，犁下深红色的血沟。

不是用温柔的旅者的足音，而是用一门又狠又准的炮，轰开了我们的门。中国惊惶地望着那张似曾相识的脸，怎么会是他呢？不错，他不是罗马，他不是旧日的欧洲，但分明又是他，他怎么变得那么厉害，他的名字仍然叫西方，但他显然不记得那些温柔的往事了，他已经变成另外一个人了，他急切地搜刮，他来不及地把东方的黄金搬回他们的大船。

不再是丝路，我们只见一条血路。

"如果，你不爱我，西方啊，"东方哭了，"你要去爱谁呢？

"你没有选择，这世上只有一个叫东方一个叫西方的孩子，如果我们不相爱，我们还去爱谁呢？

"当然，也许你想，你还可以爱自己，但是，当你不爱我的时候，你也同时失去爱自己的能力了，你数着金币，渐渐遗弃自己。你不快乐，你像一只阉鸡一样不断地长肥、长大，但你不快乐。

"我们仍然必须相爱，让我们拨开蔓草荒烟，重寻音尘寂然的古丝路，我们要再一次相期相遇，在我们最初约会的路上。让我们仍是年少的孩子，彼此互换着我们宝盒中的珍宝。也许我们仍要卖力地去各自跋涉那万里长路，注视我，发现我的优雅，并且爱我，我们别无他路，我们注定要相爱。"

让长长的丝路仍然是一条披红挂彩的姻缘路。

# 地篇

.
.
○

　　据说，古时的地字，是用两个土字为基本结构，而土字写作山。
猛一看，忍不住怦然心跳，差不多觉得仓颉造了个"有声音效果的字"，
仿佛间只见宇宙洪荒，天地蒙涌，一片又小又翠的叶子中气十足地，
砰的一声蹿出地面，人类吓了一跳，从此知道什么叫土地。

○

　　《尔雅》——一本最古老的字典上面说："地，底也，其体底下，
载万物也。"看着，看着，开始不服气起来，分明是一本文字学的书嘛，
怎么会如此像诗，把地说成最低最低的万物承载的摇篮，把地说成
了人类的"底子"，世上还有比这更好的解释吗？
　　终于想通了，文字学家和诗人是同一种人，一种叽叽呱呱跟在
造物身后不停地指手画脚，企图努力来向人类做解释的人。

在中国语言里，大地不但是有生命的，而且还有得非常具体。

譬如说"地毛"，地竟被看作是毛发青盛的，地难道是一肌肤突突的少年男子吗？而地毛指的是一些"莎草"。下一次，等我行过草原，我要好好地看一下大地的汗毛。

∙<br>○

"地肺"是什么？有时候指的是山，有时候指的是水中的浮岛。在江苏、河南、陕西，都有地方叫地肺，不管是以山或以岛为肺叶，吐纳起来都是很过瘾的吧？

∙<br>○

"地骨"同时指石头和枸杞，把石头算作骨骼是很合理的，两者一般地嵚崎磊落。喜欢石头的人都可以把自己看作"摸骨专家"，可以仔细摸一摸大地的支架。可是把枸杞认作地骨却不免令人惊奇，想来石头作地骨取的是"写实派"手法，枸杞作地骨应是"象征派"手法。枸杞是一种红色颗粒的补药，大概服食后可以让人拥有大地一般的体魄吧！枸杞也叫地筋，不管是"大地之筋"或"大地之骨"，我总是宁可信其有。

∙<br>○

"地脂"是一篇道家的故事，据说有人偶然遇见，偶然试擦在一位老人的脸上，老人的皱纹顿时平滑如少年。世上有多少青春等待唤回，昨夜微霜初度河，今晨的秋风里凋了多少青发？我们到何处去寻故事中的"地脂"呢？

· ○

　　"地脉"指的是河流，想来必是黄河动脉，长江静脉吧？至于那些夹荷带柳的小溪应该是细致的毛细血管了。这样看来喜马拉雅真该是大地的心脏了，多少血脉附生在它身上！只是有时想来又令人不平，如河川是血脉，血脉可不可以是河流呢？侧耳听取，哪一带是黄河冰澌？哪一带是钱塘江潮？究竟是人在江湖，还是江湖在人？今宵可否煮一壶酒，于血波沸扬处听故国的五湖三江？

· ○

　　"地脊"几乎是一则给小孩猜的谜语，一看就知道是指山，山是多峥嵘秀拔的一副脊椎骨啊！永不风湿，永不发炎地挺在那里，有所承当，有所负载的脊梁。

· ○

　　地也有嘴，叫"地喙"，指的是深渊，听说西域龟兹国的音乐是君臣静坐于高山深谷之际，听松涛相激，动静相生，虚实相荡而来。如果山是竹管，深渊便是凿陷的孔，音乐便在竹管的"有"与孔穴的"无"之间流泻出来。如果深渊是大地之口，那该是一张启发了人间音乐的口。

○

所有的民族都毫无选择地必须爱敬大地，但在语汇里使大地有血脉、有骨肉、有口有耳有脊骨的，恐怕只有中国人吧。大地的众子中如果说我们中国人最爱她，应该并不为过吧！

除了在语言里把大地看作有位格、有肢体的对象，其他语言中令人称奇的跟大地有关的语汇说也说不完！

○

"地味"两字令人引颈以待，急着想知道究竟说的是什么。原来是指天地初生，地涌清泉的那份甘洌，听来令人焦灼艳羡。恨不得身当其时，可以贪心连捞它三把，一掬盥面，一掬餍渴，一掬清心。

○

"地丁"也颇费猜，千想万想却没想到居然是指野花蒲公英，真是好玩。地丁是什么意思？写《本草纲目》的李时珍也说不清楚，

我只好将之解释为大地的小守卫兵，每年看到蒲公英，我忍不住窃然自喜，和他们相对瞬目："喂！我知道你是谁，你们这些又忠心又漂亮的小卫兵，你们交班交得多么好看，你们把大地守卫得多么周密，你们是唯一没有刀没有枪的小地丁。"那些家伙在阳光下显出好看的金头盔，却假装没听见我说话，对了，我不该去逗他们的，他们正在正正经经地站岗呢！

∶

"地珊瑚"其实就是藤，原来该是一种绿色种的变色珊瑚了。世上的好事好物太多，有时不免把辞章家搞糊涂了，不知该用什么去形容什么，应该说"好风如水"呢，还是该说"好水如风"呢？应该说"人面如花"呢，还是说"花似人面"呢？"江山如画"和"画如真山真水"哪一个更真切？而我一眼看到珊瑚虽觉清机妙趣盈眉而来，却也不免跃跃然想去叫珊瑚一声"海藤"。

∶

"地龙子"指的是蚯蚓，听来令人简直要扑哧一笑，那么小小的蠕虫，哪能担上那么大的龙的名头！但仔细一想，倒觉得地龙子比天龙可爱踏实多了。谁曾看过天龙呢？地龙却是人人看过的，人生一世如果能土里来土里去像一只蚯蚓，不见得就比云里来雨里去的龙差。蚯蚓又叫"地蝉"，这家伙居然又善鸣，不太能想象一只像植物一样活在泥土里的动物怎么开口唱歌。可是每次在乡下空而静的黄昏，大地便是一棵无所不载的巨树，响亮的鸣声单纯地传来，乍然一听，只觉土地也在悠悠然唱起开天辟地的老话头来。

。

"地行仙"常常是老寿星的美称，仙人中也许就该数这种仙人最幸福，餐霞饮露何如餐谷饮水？第一次看一位长辈写"天马行地"四个字，立觉心折，俗话常说"云泥之别"，其实云不管多高多白，终有一天会脱胎成雨水，会重入尘寰，会委身泥土而浑然为一。求仙是可以的，但是，就做这种仙吧！

。

"地货"是商业上的名词，一切的蔬菜、水果、萝卜、山芋、荸荠全在内，我有时想开一家地货行，坐拥南瓜的赤金、菜瓜的翡翠以及茄子的紫晶，门口用敦敦实实的颜体写上"地货行"三个大字——想着想着，事情就开始实在而具体起来，仿佛已看见一个顾客伸手去试敲一个大西瓜，而另一个顾客正在捏着一个吹弹可破的柿子，急得我快要失口叫了起来。

"地听"一词是件不可思议的军事行动，办法是先掘一个深深的坑，另外再准备一个土瓮，瓮用薄皮封了口，看来有点像鼓。人抱着这种鼓瓮躲在地坑里，敌人如果想挖地道来袭，瓮就会发出声音。这虽然是战争的故事、生死攸关的情节，可是听来却诗意盎然。又有一种用皮做的"胡禄"，人躺在地下把它当枕头枕着，也可以远远听到行军之声。大地到底怎么回事？怎么会有这么多神奇？

○

　　"舆地"两字是童话也是哲学，中国人一向有"天为盖，地以载"的观念，大地是用来载人的。但是，哪一种载法呢？中国人选择了"车子"的形象，大地一下子变成一辆娃娃车，载着历世历代的人类，在茫茫宇宙中稳然前行。我想到神往处，恨不得纵身云外，把这可爱的、以万木为流苏以千花为璎珞的娃娃车（而且是球形的，像灰姑娘赴王子晚宴所乘的那一辆），好好地看它个饱。

○

　　"地银"指的是月光下闪亮发光的河流，"地镜"也类同，指湖泊水塘。生平不耐烦对镜，也许大千世界有太多可观可叹可喜可酌之景，总觉对镜自赏是件荒谬的事。但有一天，当我年老，我会静静地找到一方镶满芳草的泽畔，低下头来，梳我斑白的头发，在水纹里数我的额纹。那时候，我会看见云来雁往，我会看见枯荷变成莲蓬，莲子复变成明夏新叶，我会怔怔然地望着大地之镜，求天地之神容许我在这一番大鉴照中看见自己小小如戏景的一生，人生不对镜则已，要对，就要对这种将朝霞夕岚岁月年华一并映照得无边无际的大镜。

# 情怀

.
.
○

不知从什么时候开始，我变成了一个容易着急的人。

行年渐长，许多要计较的事都不计较了，许多渴望的梦境也不再使人颠倒，表面看起来早已是个可以令人放心循规蹈矩的良民，但在胸臆里仍然暗暗地郁勃着一声闷雷，等待某种不时的炸裂。

仍然落泪，在读说部故事诸葛武侯废然一叹，跨出草庐的时候；在途经罗马看米开朗琪罗一斧一凿每一痕都是开天辟地的悲愿的时候；在深宵不寐，感天念地深视小儿女睡容的时候。

忽然就四十岁了，好像觉得自己一身竟化成两个，一个正咧嘴嬉笑，抱着手冷眼看另一个，并且说：

"嘿，嘿，嘿，你四十岁啦，我倒要看着你四十岁会变成什么样子哩！"

于是正正经经开始等待起来，满心好奇兴奋抻着脖子张望即将上演的"四十岁时"，几乎忘了主演的人就是自己。

好几年前，在朋友的一面素壁上看见一幅英文格言，说的是：

"今天，是此后余生的第一天。"

我谛视良久，不发一语，心里却暗暗不服：

"不是的，今天是今生到此为止的最后一天。"

我总是着急，余生有多少，谁知道呢？果真是如诗人说的"百年梳三万六千回"的悠悠栉发岁月吗？还是"四季倏来往，寒暑变为贼，偷人面上花，夺人头上黑"的霸道不仁呢？有一年，眼看着患癌症的朋友史惟亮一寸寸地走远，那天是二月十四，日历上的情人节，他必然还有很绵缠不尽的爱情吧，"中国"总是那最初也是最后的恋人，然而，他却走了，在情人节。

我走在什么时候？谁知道？只知道世方大劫，一切活着的人都是叨天之幸，只知道，且把今天当作我的最后一天，该爱的，要及时地去爱，该恨的，要及时地去恨。

从印度、尼泊尔回来，有小小的得意，好山水，好游伴，好情怀，人生至此，还复何求？还复何夸？回来以后，急着去看植物园的荷花，原来不敢期望在九月看荷的，但也许克什米尔的荷花湖使人想痴了心，总想去看看自己的那片香红，没想到它们仍在那里，比六月那次更灼然。回家忙打电话告诉慕蓉，没想到这人险阴，竟然已经看过了。

"你有没有想到，"她说，"就连这一池荷花，也不是我们'该'有的啊！"

人是要活很多年才知道感恩的，才知道万事万物，包括投眼而来的翠色，附耳而至的清风，无一不是豪华的天宠。才知道生命中的每一霎时间都是向永恒借来的片羽，才相信胸襟中的每一缕柔情都是无限天机所流泻的微光。

而这一切，跟四十岁又有什么关联呢？

想起古代的东方女子，那样小心在意地贮香膏于玉瓶，待香膏一点一滴地积满了，她忽然竟渴望就地一掷，将猛烈的馨香并作一次挥尽，啊！只要那样一度，就够了。

想起绝句里的剑客，"十年磨一剑，霜刃未曾试，今日把示君，谁有不平事？"分明一个按剑的侠者，在清晨跨鞍出门，渴望及锋而试。

想起朋友亮轩少年十七岁，过中华路，在低矮的小馆里见于右任的一副联"与世乐其乐，为人平不平"，私慕之余，竟真能效志。人生如果真有可争，也无非这些吧？

又想起杨牧的一把纸扇，扇子是在浙江绍兴买的，那里是秋瑾的故居，扇上题诗曰：

连雨清明小阁秋

横刀奇梦少时游

百年堪羡越园女

无地今生我掷头

　　冷战的岁月是没有掷头颅的激情的，然而，我四十岁了，我是那扬瓶欲做一投掷的女子，我是那挎刀直行的少年，人世间总有一件事，是等着我去做的，石槽中总有一把剑，是等着我去拔的。

　　去年九月，我们全家四人到恒春一游。由于娘家至今在屏东已住了二十八年，我觉得自己很有理由把那块土地看作故乡了。阳光薄金，秋风薄凉，猫鼻头的激浪白亮如抛珠溅玉，立身苍茫之际，回顾渺小的身世，一切幼时所曾羡慕的，此刻全都有了。曾听人说流星划空之际，如果能飞快地说出祈愿便可实现，当时多急着想练好快利的口齿啊，而今，当流星过眼我只能知足地说：

　　"神啊，我一无祈求！"

　　可是，就在那一天，我走到一个小摊子前面，一些褐斑的小鸟像水果似的绑成一串吊在门口，我习惯地伸出手摸了它一下。忽然，那只鸟反身猛啄了我一口，我又痛又惊，急速地收回手来，惶然无措地愣在那里。

　　就在那一瞬间，我忽然忘记痛，第一次想到鸟的生涯。

　　它必然也是有情有知的吧？它必然也正忧痛煎急吧？它也隐隐

感到面对死亡的不甘吧？它也正郁愤悲挫忽忽如狂吧？

我的心比我的手更痛了。这是我第一次遇见不幸的伯劳，在这以前它一直是我案头古老的《诗经》里的一个名字，"七月鸣鵙"，鵙，便是伯劳了，伯劳也是"劳燕分飞"典故里的一部分。

稍往前走，朋友指给我看烤好的鸟。再往前走，他指给我看堆积满地的小伯劳鸟的嘴尖。

"抓到就先把嘴折下来，免得咬人。然后才杀来烤，刚才咬你的那种因为打算卖活的，所以嘴尖没有折断。"

朋友是个尽责的导游，我却迷离起来。这就是我的老家屏东吗？这就是古老美丽的恒春古城吗？这就是海滩上有着发光的"贝壳沙"的小镇吗？这就是入夜以后沼气的蓝焰会从小泽里亮起来的神话之乡吗？"恒春"不该是"永恒的春天"吗？为什么有名的"关山落日"前，为什么惊心动魄的万里夕照里，我竟一步步踩着小鸟的嘴尖？

要不要管这闲事呢？

寄身在所谓的学术单位里已经是十几年了，学人的现实和计较有时不下商人，一位坦白的教授说：

"要我帮忙做食品检验？那对我的研究计划有什么好处？这种事是该卫生部门做的，他们不做了，我多管什么闲事，我自己的paper（论文）不出来，我在学术界怎么混？"

他说的没有错。只是我有时会想起胡金铨的《龙门客栈》，大门怦然震开，白衣侠士飘然当户。

"干什么的？"

"管闲事的！"

回答得多么理直气壮。

我为什么会想起这些？四十岁还会有少年侠情吗？为什么空无中总恍惚有一声召唤，使人不安？

我不喜欢"善心人士"的形象，"慈眉善目"似乎总和衰老、妇道人家、愚弱有关。而我，做起事来总带五分赌气性质，气生命不被尊重，气环境不被珍惜。但是，真的，要不要管闲事呢？管起来钱会浪费掉，睡眠会更不足，心力会更交瘁，而且，会被人看成我最不喜欢的"善士"的模样，我还要不要插手管它呢？

教哲学的梁从香港来，惊讶地看我在屋顶上种出一畦花来。看到他，我忽然唠唠叨叨在嬉笑中也哲学起来了。

"你知道，在这个世界上，我终于慢慢明白，我能管的事太少了，北爱尔兰那边要打，你管得着吗？巴基斯坦这边要打，你压得了吗？小学四年级的音乐课本上有一首歌这样说：'看我们少年英豪，抖着精神向前跑，从心底喊出口号，要把世界重改造，为着民族求平等，为着人类争公道，要使全球万国间，到处腾欢笑。'那时候每逢刮风，我就喜欢唱这首歌顶着风往前走。可是，三十年过去了，我不敢再说这样的大话，'要把世界重改造'，我没有这种本事，只好回家种一角花圃，指挥指挥四季的红花绿卉，这就是辛稼轩说的，人到了一定年纪，忽然发现天下事管不了，只好回过头来'乃翁依旧管些儿，管竹、管山、管水'。我呢，现在就管它几棵花。"

说的时候自然是说笑的，朋友认真地听，但我也知道自己向来虽不怕"以真我示人"，只是也不曾"以全我示人"。种花是真的，刻意去买了竹床、竹椅放在阳台上看星星也是真的，却像古代长安街上的少年，耳中猛听得金铁交鸣，才发觉抽身不及，自己又忘了前约，依然伸手管了闲事。

一夜，歇下驰骋终日的疲倦，十月的夜，适度的凉，我舒舒服服地独倚在一张为看书而设计的躺榻上，算是对自己一点小小的纵容吧！生平好聊天，坐在研究室里是与古人聊天，与西人聊天。晚上读闲书读报是与时人聊天。写文章，则是与世人与后人聊天，旅行的时候则与达官贵人或老农老圃闲聊，想来属于我的一生，也无非是聊了些天而已。

忽然，一双忧郁愠怒的眼睛从报纸右下方一个不显眼的角落向我投视来，一双鹰的眼睛，我开始不安起来。不安的原因也许是因为那怒睁的眼中天生有着鹰族的锐利奋扬，但是不止，还有更多，我静静地读下去，在花莲，一个叫玉里的镇，一个叫卓溪乡古风村的地方，一只"赫氏角鹰"被捕了。从来不知道赫氏角鹰的名字，连忙去查书，知道它曾在几万年前，从喜马拉雅和云南西北部南下，然后就留在中央山脉了，它不是台湾特有鸟类，也不是偶然过境的候鸟，而是"留鸟"，这一留，就是几万年，听来像一则绵绵无尽期的爱情故事。

却有人将这种鸟用铁夹捕了，转手卖掉，得到五千元台币。

我跳起来，打长途电话到玉里，夜深了，没人接，我又跑到桌前写信，急着找限时信封作读者投书，信，封上了，我跑下楼去推自行车寄信，一看腕表已经清晨五点了，怎么会弄到这么晚的？也只能如此了，救命要紧！

骑车回来，心中亦平静亦激动，也许会带来什么麻烦，会有人骂我好出风头，会有人说我图名图利，会有人说："我看她是要竞选了！"不管他，我且先去睡两个小时吧！我开始隐隐知道刚才的和那只鹰的一照面间我为什么不安，我知道其间有一种召唤，一种几乎是命定的无可抗拒的召唤，那声音柔和而沉实，那声音无言无语，却又清晰如面晤，那声音说："为那不能自述的受苦者说话吧！为那不能自伸的受屈者表达吧！"

而后，经过报上的风风雨雨，侦骑四出，却不知那只鹰流落在了哪里，我的生活从什么时候开始竟和一只鹰莫名其妙地连在一起了？每每我凝视照片，想象它此刻的安危，人生际遇，真是奇怪。过了二十天，我人到花莲，主持了两场座谈会，当晚住在旅社里，当门一关，廊外海潮声隐隐而来，心中竟充满异样的感激，生平住过的旅社虽多，这一间却是花莲的父老为我预订并付钱的，我感激的是自己那一点的善意和关怀被人接纳，有时也觉得自己像说法化缘的老僧，虽然每遭白眼，但也能和人结成肝胆相照的朋友，我今夕蒙人以一饭相款，设一床供眠，真当谢天，比起古代风餐露宿的苦行僧，我是幸运的。

第二天一早乘车到宜兰，听说上次被追索的赫氏角鹰便是在偷运台北的途中死在那里。我和鸟类专家张万福从罗东问到宜兰，终于在一家"山产店"的冻箱里找到那只曾经搏云而上的高山生灵，而今是那样触手如坚冰的一块尸骨。午间站在陌生的小镇上，山产店里一罐罐的毒蛇药酒，从架上俯视我。这样的结果其实多少也是意料中的，却仍忍不住悲怆。四十岁了，一身仆仆，站在小城的小街上，一家陈败的山产店前，不肯服输的心底，要对抗的究竟是什么呢？

和张万福匆匆包了它就赶北宜公路回家了，黄昏时在台北道别，看他再继续赶往台中的路，心中充满感恩之意。只为我一通长途电话，他就肯舍掉两天的时间，背着一大包幻灯片，从台中台北再转花莲去"说鸟"。此人也是一奇，阿美族人，台大法律系毕业，在美军顾问团做事，拿着高薪，却忽然发现所谓律师常是站在有钱有势却无理的一边，这一惊非同小可，于是弃职而去，一跑跑到大度山的东海潜心研究起鸟类生态来。故事听起来像江洋大盗忽然收山不做而削发皈依，反而去渡起众人来一般神奇。而他却是如此平实的一个人，会傻里傻气待在野外，从早上六点到下午六点，仔细数清楚棕面莺的母鸟喂了四百八十次小鸟的记录。并且会在座谈会上一一学鸟类不同的鸣声。而现在，"赫氏角鹰"交他去做标本，一周以后那胸前一片粉色羽毛的幼鹰会乖乖地张开翅膀，乖乖地停在标本架上，再也没有铁夹去夹它的脚了，再也没有商人去辗转贩卖它了，那永恒的展翼啊！台北的暮色和尘色中，我看他和鹰绝尘而去，心中的冷热一时也说不清。

我是个爱鸟人吗？不是，我爱的那个东西必然不叫鸟，那又是什么呢？或许是鸟的振翅奋扬，是一掠而过，将天空横渡的意气风发，也许我爱的仍不是这个，是一种说不清的生命力的展示，是一种突破无限时空的渴求。

曾在翻译诗里爱过希腊废墟的蔓草荒烟，曾在风景明信片上爱过夏威夷的明媚海滩，曾在线装书里迷上"黄河之水天上来"，曾在江南的歌谣里想自己驾一叶迷途于十里荷香的小舟……而半生碌碌，灯下惊坐，忽然发现魂牵梦萦的仍是中央山脉上一只我未及睹其生面的鹰鸟。

四十岁了，没有多余的情感和时间可以挥霍，且专致地爱脚跟下的这片土地吧！且虔诚地维护头顶的那片青天吧！生平不识一张牌，却生就了大赌徒的性格，押下去的那份筹码其数值自己也不知道，只知道是余生的岁岁年年。赌的是什么？是在我垂睫大去之际能看到较澄澈的河流，较新鲜的空气，较青翠的森林，较能繁息生养的野生生命……输赢何如？谁知道呢？但身经如此一番大博，为人也就不枉了。

　　和丈夫去看一部叫《女人四十一枝花》的电影，回家的路上咯咯笑个不停，好莱坞的爱情向来是如此简单荒唐。

　　"你呢？"丈夫打趣，"你是不是女人四十一枝花？"

　　"不是，"我正色起来，"我是'女人四十一枚果'。女人四十岁还叫作花，也不是什么含苞盛放的花了，但是如果是果呢，倒是透青透青初熟的果子呢！"

　　一切正好，有看云的闲情，也有犹热的肝胆，有尚未收敛也不想收敛的遭人妒的地方，也有平凡敦实容许别人友爱的余裕，有高龄的父母仍容我娇痴无忌如稚子，也有广大的国家容我去展怀一抱如母亲，有霍然而怒的盛气，也有湛然一笑的淡然。

　　还有什么可说呢？芽嫩已过，花期已过，如今打算来做一枚果，待果熟蒂落，愿上天复容我是一粒核，纵身大化，在新着土处，期待另一度的芽叶。

# 夜诊

·
·
○

## 一、楔子

时间是下午四点，车子已颠了七小时，十一个人从双排位的车上跳下来，泰国的车子矮，大家都忍不住先去揉脖子，然后彼此取笑对方的头发，由于一路灰沙扑面，每个人都早已是"尘满面，发如霜"了，提早二十年看见自己的老态在滑稽中又不免怆然暗惊。

所谓十一个人本来是只有五个，其中有我们全家四口，以及一位带路的女宣教士胡千惠，我们戏称她为"导游"。这"五人团"前赴泰国考伊兰难民营的时候，把中泰难民服务团的团长韩定国和团员一行五人也一起"引诱"出来了，其中还包括一位医师。十个人一同跑到泰国北部美斯乐，及至下了美斯乐山地，途经娘柿（读作面ㄙㄞ），又把一位从香港中大毕业的廖姓老师说得心动神摇，悄悄地请我们准他搭便车一起前来。

而现在这十一个人已来到这个叫作"联华新村"的地方，车子停在小教堂的院子里，这是我们今晚下榻的地方，女孩子睡牧师的房子，男孩子睡教堂的讲台，分到蚊帐的靠蚊帐，分不到的只好咬牙靠蚊香。

院子里一口井，大伙儿便在那里洗脸，村子里的小孩拥上来看热闹，大爹——教堂里的杂役，提壶热水从厨房走出来泡茶，他的脸干瘪枯缩，身子也伛偻屈曲，一口云南官话却极柔和敦厚：

"大家都是中国人嘛，难得来一趟，来了嘛，当然要看一看了！"

其实他们哪里知道，我们不是来被看的，我们是来看他们的。泰国地形长如一棵冲天树，南北旅行极辛苦，车况路况坏不说，有些路上甚至有土匪，车子往往不得不绕道，天涯行客，也只好挨一步算一步，但此刻，无论如何，我们已经到了这个叫联华新村的地方。

而联华新村是一个什么地方呢？它在泰国北部清莱省昌孔县（昌孔虽只是华人的译音，但听起来仍不免动容），村子的名字听起来倒像台湾南部什么地方的小眷村。他们多半来自云南（该算中国最美的一个省份吧），三十年前攀山涉水而来，最早的难民潮，相较之下越南和老挝的难民还是幸运的，因为美国人对他们怀疚，因而必须做点什么去贿赂自己的良心。而联合国和西方的救助团体群涌而来驻在此间的办事员，一面支着六千美元的月薪，一面自备饮水入营上班（难民营里的水当然是供像难民那种人喝的，外面的人有权利喝令自己放心的水），一面晚上回来开香槟酒会。

但至于这批三十年前的"老难民"有谁来理睬呢？谁知道有这样一个锁在荒芜中的村聚呢？他们原来住在镇上和泰人杂居，做点起早赶晚的小生意，还有一点点发展，不意这一点发展亦为人所不容，清莱省省长安帕要他们迁到一个"新小区"去，省长还许下诺言要有水电建设，答应每家有八来土地可以耕作（"来"是泰国土地单位，每"来"大约一千六百平方米）。但事实上后来只分到二来土地，既没有电，连水也困难，大家老远的到一条河里去汲水。后来靠教会的帮忙，才挖了四口井，井水的颜色像牛奶，看来是喝久了会闹结石的那一种。但劫余之人谁又顾得到那么多呢？清莱省省长也许骗了他们，也许不算骗，只是他下了台，后任省长不认账。也许，政治本来就是个不认账的游戏。而且，如果他们不用"软骗"而用"硬逼"的方法又如何呢？谁能说不可以？谁叫他们是贸然撞进来的"陌生人"？上帝把土地赐给人类，但人类的法律却说："这个国家不是你的，你是非法入境的，你走开！"

所以，准许他们在一块封闭的森林里垦荒，已经够皇恩浩荡了，虽然，在外人看来，这种封锁的程度跟监狱几乎无异。

而此刻，我们站在这里，真正的"穷乡僻壤"，我们一行十一个人要来看什么呢？尤其是我们一家四口，十万元台币的旅费对我们不是一个小数目，护照上写着"观光"，但世上岂有这样的"观光客"？怎有这样忍心的父母？只是这个世界上既有十岁和十三岁就自己摸索着逃难的孤身小难民，为什么我不能让我们十岁和十三岁的孩子看看这真实的世界？

说"来观光"，嫌太轻薄张狂，说"来致敬"，又太正经矫情。确实一点说，应该是：由于某种因缘际会，晓得世上有这样一个聚落，有这样一班骨肉，于是渴望见见他们。及至见了面，也许有二分生涩，七分腼腆，剩下的那一分笨拙的笑容也不知别人懂不懂。但毕竟，我已像朝香客，来到我想到的地方。伊斯兰教徒到麦加去朝圣，佛教徒到印度去进香，基督教徒不顾战争爆发的可能，远赴耶路撒冷，去重踏耶稣的屐痕，但上帝立身在哪里呢？他岂不也在一切最贫穷土地上，一切被撕裂得最疼的心髓中吗？

我从来没有因同情新几内亚的野人而流过泪，我不曾为乌拉圭山头失事的飞机而号啕，孟加拉国区的瘟疫不能令我失眠。真能使我血脉偾张、心如捣臼的仍是一张张中国人受苦的脸啊——我想连上帝也必须原谅我小小的自私，是上帝，才能泛爱天下，而凡人如我，只有一副悲肠，只能付出一番对中国的爱！

## 二、考盘撒

吃完了晚饭——饭是村民种的早稻，颇有蓬莱米的柔韧，菜是一早从娓柿买好带来的，联华新村是没有饭馆的——十五夜的月亮从雨季惯见的灰云里淡淡地浮上来，月亮又圆了，阴历六月十五，是泰国人的"考盘撒"。考盘撒是个大日子，全国放假，连着要做几天，街市和乡野随时可以看到游行的队伍、鲜花、群众、披金绣红的衣服，僧侣，一层楼那么高的香烛，在烈日下缓缓地走着，别有一番欲燃的渴望。这节日持续一个月后至七月十五的"奥盘撒"而结束。据说旧俗在此期间猎人不许入山，直至秋季方可再行狩猎，一般家庭也于此时送男孩入寺做一段时期的僧侣。我立刻想到自七月一日到七月三十日在中国台湾是"鬼门开"和"鬼门关"的日子，不知泰国人信不信鬼魂，不知此间的孤魂是否于六月十五来归，风从玉米田吹来，一盏瓦斯灯放在收拾好的餐桌上。

有没有孤魂归来？有没有死于饥饿死于挫辱死于刀枪死于疾疫的亲人此夜前来呢？有人告诉我们前不久三个产妇里有两个死了，此刻有没有恋恋的女子月下眷望不舍呢？瓦斯灯亮而白，同行的古大夫已在桌前坐好，古大夫北医毕业，到金门服了役，八月一日荣总的聘约等着他去上任，他却赖在难民中间恋栈不去。

他是客家人，白皙微髭，眼神清炯平和，随身总带着医疗包，老想量人家的血压，一本外科的书似乎也不离手。此人还有一奇，千里迢迢的他竟偷藏着一瓶金门高粱，据说是既可饮，也可以急来做药用酒精的，不过弄到现在快回台湾了，既未见他饮用也未见他药用，我只能怀疑他是拿来供怀乡之用的了。

坐在他后面的是韩定国和陈素珍，扮演着"密见习医生"和"密护士"的角色，他们分别是台大政治系和文化历史系的，此刻却在一本正经地写病历。我和丈夫在另一头坐着，他一意照相，我痴痴地望着那些脸——那些脸，曾在哪里见过吗？为什么那么熟悉？那卑抑的，无怨的，受苦而又不欲人知的，那种平静而又有所待的脸，我在那脸上寻索滇池，寻索大理，寻索怒江，寻索云岭野人山和记忆里美丽的"纳西族"神话……为什么那么熟悉呢？那些脸。

## 三、投诉

也不知是什么人传的话，一下子教堂庭前便围满了人。古大夫从来没料到自己会来到一个连一个医生也没有的村子里，他的小背包里只有一点点的药，但既然医生来了，人就变得有生病的权利了。瓦斯灯几乎像神龛，灯下的眼神是虔诚和信任，一个个喃喃地说起人世的苦难和沧桑。

"这种情形有多久了？"古大夫问那位父亲,他正站在女孩旁边,女孩坐着,眼睛大而发直,瘦瘦怯怯,仿佛随时都会一惊而跳起。

"八岁那年开始的……她现在十二岁了……有一次发烧,连发了七天,昏迷不醒,后来就半边身子凉,半边身子温,好了以后变得不会讲话了,过了十三天才会讲,这以后就月月发作,一发就倒下来,抽筋,如果十五不发就初一发,要是正在吃饭,饭也吐出来……"

"她发病以后智力有没有受影响？"

"什么？"

"我是说,她有没有比以前笨？"

女孩坐着,大而黑的眼珠静静地望向什么不可知的深处。

"她……她有一次走迷二十多天……"

话该怎么说呢？孩子怎会连发七八天高烧而父母竟不带她去看病？然而,在联华,连去看病也是要申请的,等申请证发下来,由于没有公交车,也只有走路和包车两个办法,走路对生病的人来说是不可能的,包车则要三百台币,像他们这样赤贫的人根本付不起,然而怨谁呢？怨泰国吗？泰国于他们有恩……

这时,刚才来过的一个气喘病人又走了回来,还带着一包药:

"别人叫我吃这个,说吃了就能断根。"

"这是什么？"

"DDT 粉。"

"快丢掉！"古大夫吓得一冲跳起身来，"吃了会死！"

"谁叫你吃的？"坐在后面的韩定国也停下笔，声音大得几乎是怒吼，"谁叫你吃这种东西？"

众人也笑了起来，听得出来并无恶意。

"他们说，这种药性很强，吃了可以断根嘛！"气喘病人平静而又认命地微笑，有一点点不好意思，却没有一点惊恐。

癫痫病的小女孩被扶着带回去了。

<br>

·
。

<br>

"那一年，我打摆子（就是疟疾），"病人是来看关节毛病的，却谈着她的打摆子，"盖着几床被，还一直冷得发抖，抖得太厉害，全身关节抖得都要散了，第二天就会痛起来……"

疟疾在文明的地区早就消失为一个历史名词，但在烟瘴之乡，林泽之内，疟蚊仍有权肆意攻击这些背井离乡的人。

<br>

·
。

<br>

"这块碎片早晨起来是在这里的，"说话的是一个干小细瘦的男人，由于脖子长，整个头一开腔便热闹地晃动，面目晒成酱黑色，有点滑稽，介乎悲苦与不在乎之间，他指的地方是右膝盖，"到中午，就跑到这里来了。"

"是什么东西？"

"从前在老挝打仗嘛，替美国人当兵，一脚踩到地雷，手也炸掉啦！后来到泰国清莱来住院，住了三个月，然后回去休养，后来照 X 光，有个碎片还在，那之后，这只脚就不能弯了。"

"哪一年的事了？"

"哪一年？噢，一九六五。"

"这种事，美国人该负责的。"韩定国又停下笔。

"美国人，没有啦，美国人全走光啰，全回去啰，找不到人啰。"

"找不到人也一样可以找他们大使馆，你叫什么名字？"韩定国盯着问。

"罗福强。"

"你是哪个部队？什么番号？"

"部队？不知道，就是美国人的部队嘛。"

"你的部队长是谁？叫什么名字？"

"部队长叫什么名字我不知道，是美国人——"

"你们在哪里打仗？"

"老挝——"

"老挝哪里？"

"哪里我也记不得了——"

"是山区是平地？"

"是山区——"

"山区叫什么?"

"记不到了,哪里记得到——好像叫梦诺——记不到了——"

他终于站起来一拐一拐地走了。

十六年前的一块地雷碎片,一直痛在膝上。

考盘撤节,林中禽兽尚能有一季生养蓄息悠游自适的仁恩,而中国人呢? 谁来给流离的人一枝之栖,一瓢之饮? 古大夫啊、你所面对的不是医学院教科书上的病状,而是一部四十年来的中国啊。每一个病人都是一个负伤的中国。

月亮渐高,病人簇拥,古大夫的药囊渐渐空了。我跑回去找自己的药包,家人一向健康,这药包也只是象征性带在身边,取那几颗药出来真怕人笑,但如果能解一个人的一时之痛也是好的。三十年暌违的故人,千万里相隔的故国,此刻一丸药,杯水车薪又救得了什么,但只让这帖药权做一份小小的问候吧,我们会继续关怀的。

○

"胃痛都在什么时候发?"

被问的是一个白瘦而清秀的少年,他拘谨地坐在椅子上。

"吃完饭还痛不痛?"

"吃完不痛。"他小声而恭谨地回答。

医生给了他药，他立刻站起来双手接了，一个极有家教的孩子。

望着他，我的心恻恻地痛起来，连我这样的外行也看得出来，那孩子需要的不仅是药，也是发育期间的食物。在美斯乐，在联华新村，中国人一般仍吃两顿，小孩子五点多到校上完两节课，八点回家吃早饭，然后父母就到田里去了，下午五点以前，孩子看不到父母，也没有饭，如果有一份营养午餐就可以解决那里的问题，然而……

然而那孩子的前途如何呢？在联华新村，学校只设到小学，如果要升学，得跑到美斯乐去，到那里可以再多受三年教育，然后机会好的可以到台湾，可是，这种"留学生涯"每学年得要两万台币，谁出得起呢？

在联华新村复华小学四年级的教室里，讲台后面题着一行漂亮的毛笔字："文章千古事，忠孝一生心。"初在异国看到这个句子，心头凛然，如入古刹而得见镇山宝，一时竟僵呆在那里，后来又在教室后面的黑板上看到这样一段话：

时间真的是很快，转眼间一个学期又在不知不觉中过去了，大家可曾想过当我们在一块儿努力读书研究新知识一同游戏时，是何等的快乐、高兴，虽然有时不免会吵，但也总在欢笑中重新和好如初。

可惜好景不长，转眼间我们就要分手，心中真有无限难舍之情，但天下哪有不散的筵席，苍天既是如此安排，我们也只有随之，但愿大家能记得彼此间的感情，让我们永远成为好朋友，在这人生漫长的旅途中，彼此照应，我们的友谊永固。

级任顺题

老师是好老师，孩子也是好孩子，但是，眼前这孩子却病着，他该吃的分明不是药，而该是双亲不在家时一包香脆的苏打饼干，但饼干由何而来呢？更严重的是住在这里的孩子将怎样长大呢？他们有头痛的，有肚里生虫的，有高烧留下后遗症的，他们将怎样——长大呢？

·<br>·

"从去年九月十五就开始咳出血来。"病人一张长尖脸，从鼻翼到下巴两条深深的沟纹。

"什么样的时候会咳？"

"白天做田，用力用多了晚上回来就会多咳痰，少用力气嘛就少咳痰。"

"烟抽不抽？"

"纸烟不敢抽了，抽水烟。"

村人的水烟袋是自己做的，用一根四尺长的碗口粗大的竹子做，吸起来呼噜呼噜，让人以为自己回到了民初。

"可能是支气管炎，要验痰，这次我们没有设备不能帮你做——你好好保养。"

"保养？没有办法。"老人说得干脆利落。

"做田不要太出力。"

"不做田那也不行。"仍然是直话直说。

泰国本身的农民独得天惠，田里的黑土竟有四五英尺之深，只要肯做总有的吃。台湾的黑土只有一尺，但却多得人力之助，有千万人把智慧投注其中，改良了生产方式。但这村中的人分到的是一片瘠地，既乏天惠，又无国恩，连牛也买不起一头，更遑论耕耘机了。一个老人也只能在耕田、吃饭和咳痰中生存。怨斯文的泰王或美丽的泰后吗？对泰国人而言他们都是仁慈之君，他们有什么义务来照顾别国的国民？

在泰国北部一个叫清迈的观光城，来自欧洲、美国和日本的观光客倚坐在猩红的羊毛地毯上吃泰式晚宴。泰式的音乐奏着，泰式的舞旋转着，一切那样温柔祥和，然后是"少数民族"出来跳土风舞，节目主持人用英语说，这是苗，这是猡猡，这是阿卡……舞一支一支地跳，节目主持人说，他们来自中国南方，"非常非常快活的种族"。

谁是"非常非常快活的种族"？观光客当然不会去深究，而原来身在中国南方的种族到底受不了什么才流落在泰国，向表演场中讨一口饭吃？观光客是不屑伤这种脑筋的。美丽的节目主持人啊，观光客才是那"非常非常快活的种族"呢，汉族也罢，苗族也罢，举目斯世，滔滔浊浪中我只见"非常非常悲痛的种族"啊！

十二点，人潮渐渐散了，瓦斯灯用久了就开始黯淡下去，我们相顾默然，这一番夜诊，诊的是什么呢？一整个世代的国仇家恨，许许多多不曾喊冤的中国人的冤情，一些再多问一句就要号啕的往事。遥想曼谷皇宫中的玉佛寺里，大僧侣将一束玫瑰花沾上清水，往信徒头上洒去，男女老幼疯狂地跪向前去承受那一点一滴的水珠，但这世上有没有一滴甘露是给这些受苦受熬的中国人的呢？

蛙声更扬，月亮刚刚好走到中天的位置，风亦如水，月亦如水。古大夫收拾起他的手术刀、血压计和听诊器，我在笔记本上简单写下："一九八一年七月十六日，泰北清莱省联华新村夜诊"，写一九八一年是纪实，因为不管周围的泰国人在怎样过着他们的佛历二五二四年，这片小小的村聚里，却兀自在行文上过着有情岁月。

# 前身

——题梁正居的摄影

•
•
◦

有一个故事是这样的：

少年的李源和老人圆观是一对忘年友。有一天，在荆江江头，他们看到一个妇人，着一件锦裆，抱着个罂子，在江畔汲水。悬崖一片削青，江水万丈莹澈，那妇人把满眼的山青水碧往罂子里一舀，便负罂而去，一瞬间仿佛所有的美景都被她一拔而尽。奇怪的是山不减青，水不减绿，那妇人转眼消失。

圆观转首对李源说：

"看到吗？我就将托身于这个妇人。十二年后，我在杭州天竺寺外等你。"

李源不敢置信地望着圆观，只见他平静的眼里有一丝温柔敬畏的泪光。李源知道那老人在那年轻女子身上看到了自己的母亲。

当夜圆观死了。

十二年后，李源前去赴约。

他看到了一个牧童，骑在牛背上，那孩子依稀有旧日江畔妇人的眼神，依稀有圆观当年的清简舒放。但是，他是谁？谁是他？是圆观吗？是任何一个"彼亦人子"的孩子？

牧童走过李源，以又熟悉又陌生的眼光打量着他，口里唱着竹枝词：

三生石上旧精魂

赏月吟风不要论

惭愧情人远相访

此身虽异性长存


然后，飘然远去。

·:·

我不能相信佛家的三生之说，我不能接受投胎和转世的理论，但我有我自己的前身观。

白居易《赠张处士山人》的诗中说：

世说三生如不谬，共疑巢许是前身。

对白居易而言，他在巢父许由的身上看到自己。

当我们读一切历史、一切故事、一切诗歌的时候，我们血脉偾张，我们扼腕振臂，我们凄然泪下，我们或哂或笑，或歌或哭，当此之际，我们所看到的岂是别人的故事，我们所看到的是我们自己。也许你会笑我们痴，但是，我们看到的是我们自己，一部分的自己。

我们是等待知音者驻足听琴的俞伯牙。

我们是渴望回到旧日茅舍去的陶渊明。

我们是辙环天下踯躅津口困于陈蔡的孔丘。

我们是登高望远，赋"前不见古人，后不见来者，念天地之悠悠，独怆然而涕下"的陈子昂。

我们是赍志以殁的诸葛武侯。

我们是为情缠绵，长镇雷峰塔下的白素贞。

我们是志得意满，衣锦还乡，却忽然意识到生命是如此凄凉而"唱大风歌，泣数行下"的汉高祖。

我们是众人笑叱声中破盔疲马走天涯的堂吉诃德。

我们是海明威笔下，墨西哥湾流中，那个出海三日，筋脱皮绽却只拖回一副比渔船还长的大鱼骨架而回航的老渔夫……

我们在一切往者身上看到自己。我们仿佛活了千千万万遍，我们仿佛经历了累世累劫。

那一切的人，是我们的前身。

∴

　但是，更多的时候，我在活着的人或物的身上看到我的前身。

　当我走到山坳野洼，蓦然看到一妇人在路旁掘笋，我想哭，我觉得她是我自己。

　我在车窗中偶然一瞥，田埂上有一朵成色千足的小金菊，我仿佛看到我自己。

　竹篁里那座暗红色的小砖房，难道不是我的家吗？那晒着咸菜的大院落，不是我幼小时嬉戏的地方吗？

　我要怎样说服你你才能相信，那在山径上走来，在山上住了十几年居然没下山的老退役兵就是我，我曾在梦里重回那苹果园一百遍，但现在，他在那里，他替我活着。

　我也是那溪涧中漠然的大石头，我走下水去，躺在石头上，用石头的眼光仰观苍天俯视流水，我数着石头的脉息，我知道，我曾是它。

∴

　但是，更多更多的时候，我在孩子们的身上看到我的前身。

　那个蹲在沟圳旁边抓鱼的小男孩，岂不就是我吗？

　那个把一件裙子穿得揉七皱八不甘不愿走进学校大门的小女孩

岂不就是我吗?

那个不肯走大路,偏偏东一个小巷西一个小弄地去探险,并且紧跟着一个卖红色糖壳水果串的贩子,一路走一路咽口水的小家伙如果不是我还会是谁呢?

还有,那个喜欢和女伴分享一项秘密(而所谓秘密只不过是在某个墙角有着一丛极漂亮的凤尾蕨)的女孩,怎能不令我乍疑乍悲,觉得她就是我?

那挨了打在哭的孩子是我。

那托腮长坐,心里盘算着怎样打点一个小布包,脱离家庭去环游世界的小人是我。

那一边走,一边发愣地读着《阿里巴巴与四十大盗》的小鬼是我。

那把镍币捏在手里,又想买"枝仔冰",又想回家去乖乖地丢在存钱筒里的孩子是我。

·

我在一切今人、古人和孩子以及万物中看到我自己,我的前身。

或者,有一天,也有人在我身上看到他自己吧!

# 缘豆儿

.
.
。

在一本书上，我惊奇地读到这样简单的记载：

旧俗四月初八日煮青豆黄豆遍施人以结缘，称"缘豆儿"。（按
民俗以此日为观音生日。）

读完，想象力就开始忙碌起来，究竟是怎么一种风俗？一个人
到了那天该煮一把豆子还是一升一斗豆子？清煮还是加酱卤？怎么
送去呢？站在街口还是市集上呢？送给什么样的人呢？是不是包括
读书人、田家、屠户、老人、小男孩、小女孩、唱歌的、说书的以
及耍猴戏的、卖炊饼的……

而当黄昏，送完了所有豆子的钵子里，是不是换上了别人的豆
子？我想着想着，只觉手上陡然沉重起来，低头一看，那只古人的
钵子不知什么时候竟移到我手上来了。

所谓小人物的一生，也不过是那么小小的一只钵子，里面装着小小的豆子。而所谓少年就是那种欢欢喜喜地站在街头的心情吧！好天好日，好风好鸟，我们觉得跟每个擦肩而过的人都有一段好因缘。

　　一只小小的钵子，一堆小小的豆子，街头的人潮来了又去，怎知今日的一个凝视，不是明日的一个天涯？而这偶然的一驻足间，且让我们互赠一颗小小的玉粒似的豆子，采撷自我田亩间的豆子——所谓少年，就是那份愉悦的掬掬的兴奋。

　　而有一天当我年老，当我的豆子赠尽，我会捧着别人赠我的那一钵，慢慢地从大街上走回来，就着夕晖，细数那每一粒玉莹。

有情的山河，
有情的岁月

二帙

浪迹

· · ·
。

# 远程串门子

## ——记尼泊尔之游

## 楔子

把校好的书稿放在桌上，微一侧首，阳台右侧的朝霞陡然间红了上来，而且正不动声色地继续红下去，都市里朝霞当然不是什么大不了的景观，但是仍然叫人惊奇错愕，原来天已经亮了，原来我已被这本书搞了一整夜。三十万字的选集校阅起来固然累，但累中有兴奋，仿佛"双十节"去看阅兵，见武器陈列成林，心里说不尽的喜欢快要爆裂出来，觉得那些好东西全是自家的。

被工作弄得这么累，去享受一番尼泊尔假期好像比较理直气壮一点了。为什么要去看别人的山川呢？是自己的山川不好看吗？不是，正是因为自家的一切太好，有情的山河，有情的岁月，像我校阅的那本书的书名——《锦绣天地好文章》，一切是如此饱溢，如此完全。我觉得自己像古代闺中的女子，绣好一丛三春的牡丹，自己左看右看，观之不足，结果竟放下针线自去隔壁看王家姐姐李家妹妹，想看她们绣了些什么，相较之下有赞叹，有艳羡，也有一份偷偷的自得之情。

与其说是去观光去旅游，不如说是去"串门子"，串门子本是女人爱做的事，而这次同行的游伴九个人中竟有七个女人（其中有一个带了丈夫，另外还有一位退了休的颜先生，大家叫他"阿伯"，竟有点忘了他是异性，旅行社还派一位男士导游护驾，凑成十个），五千年来大约从来没有一队中国女人这样快乐这样疯癫，这样拿着自己赚的钱猛然一掷花在西行的路上。如果人间的千年只是宇宙中的一瞬，我们应该还可以看见一本正经的玄奘正穿着一袭袈裟，手执大唐的护照往大漠走去，我们应该可以听到丝路上驼铃叮当，驮着五彩的丝绸和茶叶一径入天涯。

天亮了，为了陪我熬夜终宵在阳台竹榻上和衣而卧的丈夫也醒了。小花圃里的"日日春"红茸茸地错成一片，非常地不个人主义，这种花简直像武侠小说里五行八卦或七星北斗排位的阵式，单独一株不怎么样，合起来看真是攻之不破的"美的壁垒"，看久了，不免目醉神摇。小小的松叶牡丹正含着苞，这唯太阳是从的小情人，太阳不正式升上来，它是怎么也不肯露脸的。

这一切如此之好。

"我怀疑我会长寿。"我回头对丈夫说。

"嗯——"

"有两个词牌名,我一向很喜欢,一个叫'惜花春早起',一个叫'爱月夜眠迟',我觉得说的好像就是我。我老是舍不得,老是舍不得,只觉得万事万物都好,好得不得了,日日是好日,时时是好时,叫我去睡觉我是不甘心的,以此类推,叫我去长眠,我大概也是不同意的。"

丈夫一笑,他知道我是惯说疯话惯做疯事的。

我有时想去弄块木头或石头,上面刻着"一生玩不够"五个大字。人生应做大玩家,玩电动玩具、玩麻将、玩股票、玩吃、玩喝、玩政治、玩名、玩利都是小玩,唯有玩山玩水,邀李杜而友孔孟,同游于经史子集,同感于泰山之矗立,同叹于逝水之不舍,乃至大难来时,革命创制,出民水火,寄头颅于唇上,舍肝脑于一诺(所谓"杀头好比风吹帽,敢在世上逞英豪"是也),斯为大玩。但转而想想,金石家每每刻个什么斋什么楼什么轩,其实何尝真有什么房地契,只不过把雕墙画栋凭想象搬到一块小章子上去罢了。我干脆也凭想象省此一道手续,连章也不用刻了,自己知道自己"一生玩不够"就成了。何况石头和好作手难求,要刻那么一个章也要好几万吧?不如省下钱来抽空再找个地方去玩玩实惠。

如今那方图章是刻在我心脏上，它每跳动一下，就打下一记戳记——"一生玩不够"。

∴

一下飞机，大伙儿不仅心情雀跃，而且真的高兴得跳起来——这干爽晴朗，四山送青的地方就是尼泊尔了。

机场很简单，却不见寒碜，因为远处自有一列壮丽的山相护卫——其实不是一列山而是半列，因为有一半在云里天里，让人看着看着就呆了。仿佛山正歉然地说："最近我在整修山巅部分，只留下山根部分供你洗目供你动心。每年我们要把山头交给天空去染翠，交给白云去拂拭，并且让疾风重新雕镂，让神明再按手祝福，然后，我才能再择吉开张……"

旅馆的名字叫香格里拉，红砖高墙上爬满了蓝紫的牵牛，有种空庭深锁的寂寂然的意味，屋舍的瓦楞意外地有些西班牙风味。

学会了一句印度话："拉玛斯泰。"那是"早安""午安""晚安""谢谢""你好""再见"，反正一切人类的问安无不包括在里面，倒也简单。说的时候，双手合十，放在鼻下，则尤为恭敬。在以后十四天的旅程里居然靠这句话到处赢得友谊和微笑。原来人和人之间的善意表达起来竟是如此简易，那些多出来的语言和文法真不知要它何用。

前赴四眼神庙，说庙，是中国人的讲法，印度话里却叫"斯丢巴"（supa），这种建筑物或作圆筒形，或作方锥形，从四面八方每个角度看都是一样的，最特殊之处在于它是实心的，完全不能住人。中国的大雄宝殿习惯上作扁形设计，看来气势恢宏，泰国庙是直进式的，靠飞檐来取巧（简直像泰国舞里善翘的指尖），复靠贴上金碧两色的玻璃片炫人眼目。印度和尼泊尔的"斯丢巴"纯粹为了崇拜而设，中国故事里的落第士子住进古庙的情节是不可能发生的了。

四眼神庙更准确一点说应该是八眼神庙，因为四周方锥形的上端各画一双眼睛，代表临视四方无所不在的神明，眼下有回形纹，像鼻子，也像问号，导游却说代表"通往永恒之路"。此庙下半部作圆墓形，上半部作方锥形，象征天圆地方，倒是与中国想法很一致。

四眼神庙因为是世上最古老最大的一座"斯丢巴"，而且庙又坐落在"猴山"上，另有一番趣味，差不多是观光客必到之地，可是我自己印象最深的却是伏在游览车上看到路边的一队殡葬行列。当日车过处，尘土飞扬，下午的淡阳照着灰色的浮灰，烟尘中两个人一前一后挑着一枝竹竿走来，竹竿上简单地垂着一个白布裹缠的人，看来觉得头部异常干小，竹竿上方松松地搭着一块橘黄色的布，人死竟是可以这样简单省事的。他们一行和我们的车子交错而过，我急急回过头去，用目光再追送他一程。这人是谁呢？是如何的因缘使我们如此擦肩而过？他刚结束他的尼泊尔之旅，而我却正好赶来开始我的。我们将有缘共亲一块土地，他在土壤之下，我在地壳之上，我代昨日的他仰视蓝天，他代明日的我亲吻土地，如此一错踵间，我们竟不再是陌路。回顾同车游伴，或叫或笑或歌或盹，其间因缘聚合又当如何珍惜！

· ·

旧说尼泊尔一带是大湖，遍生荷花，四面的山像盆沿一样圈着它。后来得神明之力，猛然一刀切下（是国画里所谓的"大斧之劈"吗？或是中国成语里所谓的"鬼斧神工"？），切出一道缺口，众水立刻决如龙奔，湖底遂成良田。我们站在如削的绝壁上，俯视至今犹沿着切口急奔的尼泊尔圣河，只觉亿万年前的荷香仿佛在臂，那山谷微凹而侧，脉络缕缕，依稀是当年的田田荷叶。

· ·

去参观藏人织地毯，是第二天的下午，正愉快地蹲在地下学人用两把大铁刷反向交错梳羊毛，猛一抬头只见一张大大的黑白照用镜框框着挂在房间尽头的墙上。我跑过去看，只见一条白丝的哈达（哈达即丝巾或披肩，蒙古人、西藏人每以示礼物、祝福之意）柔柔地搭在镜框上方，两端分从左右垂下。面前还供着小小一钵花。身后梳羊毛的妇人——低声唱起藏语的歌，那声音像群山间单调的吆唤，低回处却显得郁勃而悲哀。

·

我开始渐渐了解我为什么那样魂思梦想地渴望一赴尼泊尔了，只为它是我少年时每画中国地图，画完了边陲必然附加的一个名字吧？只为我不能亲去西藏，便隔山怅望，借此了一了所谓"见舅如见娘"的痴愿吧？

·

慕蓉一个人在后座流泪，她是蒙古人，这里离她的故土更近，有一天她在店里看见一只银碗，忍不住叫起来："从前我祖父就是用这种一模一样的碗吃饭的啊！"她又在摊子上看一只镯子，镯子上刻着祷文，小贩为了讨好她，把那句话念给她听："洪——玛——尼——尼——蒂——玛——洪。"她忽然忍不住泪水夺眶，那正是她小时候常听外婆念诵的一句话，意思是："莲座上的佛啊！"

我们究竟是来干什么的？是来玩、来快乐的吗？是的，但也是来悲伤的。我们是来飞跃昂扬的，却也是来愤郁沉潜的。

·

第三天去看喜马拉雅，早晨看日出，下午去另一个山头看日落。

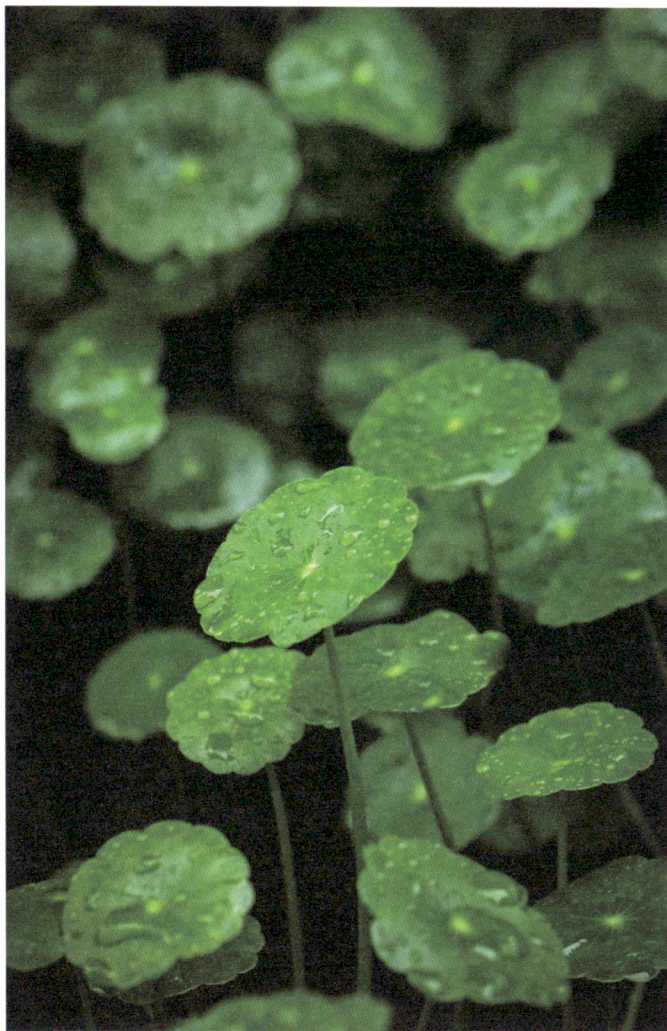

百年是不可期的，人生不过是三万五千天左右罢了，这其间竟有一天是早也看山晚也看山，终日以山为事的，这份幸福也就够令自己心满意足的了。

玄奘所写的《大唐西域记》有这样一段话：

苏迷卢山，唐言妙高山，旧曰须弥，又曰须弥娄。皆讹略也。

《释氏要览》里也说：

四州地心，即须弥山。此山有八山绕外，有大铁围山，周回围绕，并一日月昼夜回转照四天下。

其中所谓的须弥山或苏迷卢山，据李霖灿老师云就是喜马拉雅山。不过当然从宗教语言来说须弥山就是须弥山，不须指某座山，它自有它的象征意义。不过对于喜马拉雅想一想须弥感觉也不错。想起须弥山，记忆里就热闹起来了，《西游记》里黄风怪将三藏掳去黄风岭上，孙悟空两眼吃它一阵怪风吹得酸疼，好在他得人指点，到须弥山上去找灵吉菩萨借"定风丹"和"飞龙宝杖"。

孙大圣跳在空中，纵筋斗云，径直往南上去，果然速快，他点头经过三千里,扭腰八百有余程。须臾,见一座高山,中间有祥云出现,瑞霭纷纷,山坳里……

而今,我们一行站在喜马拉雅或须弥山前,不见定风丹,不见飞龙宝杖,只有冷冷的横雾相对。

当年的"一根飞龙宝杖丢将下来……却是一条八爪金龙,拨喇的轮开两爪,一把抓住妖精,提着头,三两摔,摔在山石崖边,现了本相,却是一只黄毛貂鼠……"

云雾渐散,没有韩愈开衡山之云的妙笔,但云却自己开了,我们一行对山而坐,在一家小小的"那甘柔客栈"(Nagarot guest house)门口,咖啡极难喝,不过取其暖意罢了。山里又湿又冷,但云雾乍然揭纱的刹那大家忍不住高声欢呼起来,看见喜马拉雅了!看见喜马拉雅了!

喜马拉雅,苏迷卢,如此干净如此宛然,坐下来跟山对看,山竟是这般无嗔无欲的,一点也不戏剧化,仿佛开天辟地以来它本该在那里的。尼泊尔看山并不稀奇,它的边境百分之九十依在喜马拉雅的手臂里。

想一山之隔,山的那一方是雅鲁藏布流翠的西藏,接下去依次是千湖炫碧如孔雀开屏的青海，然后是甘肃，是有着长安和咸阳一双古城的陕西，以及故事里有包公坐镇政清如水的开封府的河南，然后是江苏，以及我那项羽住过、白居易住过、苏东坡住过的徐州古城，我的故乡。然后是海，盛产神仙的东海。

一山相隔，山外有多绵长的一条路，有多悠长的一个故事，一段五千年的密密实实的起伏情节。而我，为什么偏偏站在这一面看山？

山头多云，雨必有一日要回归为水，水将凝成雪，如果我是雪，我将飘向哪一方呢？是去噶达素齐老峰纵身为黄河，一路沿古星宿海，循长城经贺兰山，转河套，穿壶口、龙门，直窜渤海呢，抑或是沿巴颜喀拉一路稳稳地蹚过莺飞草长杂生花树的三月江南，作为长江呢？抑或是沿雪山而下，流为西方世界神圣的恒河？

故事中的祥云仍在，只是须弥山上的定风丹和飞龙宝杖何在？世方大劫，云头里怎不见那根宝杖所化的八爪金龙来捉妖？万方多难，我们去哪一拨云里去索一颗定风丹揣在怀里？

爬山是不可能的，爬那种绝壁凌峰必须有专家的身手。风景照片里的雪岩冰峭只能远观不能近狎，人越大，越了解生命不可避免地总要留下几分遗憾，不能爬山且看山吧！有人呼山来即我，有人以身去即山，但面对喜马拉雅的庄严华灿，却既不敢叫山来，也无力就山去，想来也只有这样手持一杯热饮相对默然了。坐久后，自

有一种契合，许多年前曾去学画两笔山水，画着画着就不耐烦了，倒是记得自己有次给画面题的句子："买山无一计，照眼有余青。"买山爬山无非是一种可爱的事，真正的绝高之山是既不能买，也不轻许人爬的，它是给人去心领神会的。世间如仍有面壁参禅之事，则唯有山脉的青壁可以启人既流动又恒定的智慧。

登山史上总记载一九五三年"英国人埃德蒙·希拉里（Edmund Hillary）登上埃佛勒斯绝顶"，而事实上，更应该记的是"藏胞登增诺盖（Tanzing Norgay）爬上珠穆朗玛峰"（一八五二年以前，藏胞一直这样叫这座圣峰，一八五二年却忽然跑出一个叫埃佛勒斯的英国测量师来"发现"它）。两人做的是同一件事，不过藏胞和英国人一起上山，谁是真正的高山之子？谁能指导谁爬山当然是不言而喻的，登增先生曾这样表示：

"在人类历史上，我是第一个登上圣山的人，这是上天的宏旨，我只有心存感激。虽然印度政府承认我为印度人，并为我在大吉岭建纪念馆，又送大片的土地于我，尼泊尔政府又说我是尼泊尔人。不管怎么说，我还是希望在有生之年，能看到西藏的同胞为我在西藏建纪念馆，并以我为荣，因为我体内流的是西藏人的血液。"

∴

不管有多少人身抵绝峰，我仍然只承认第一个上去的是我藏人同胞。

但坐着坐着，一番乍然欣喜之余，有时又不免乍然而悲，悲的是我怕我仍会忘记。纵有照片、幻灯、明信片和新买的草织提包以及客栈老板自制的竹鼓在手，但仍然不觉得可以挽得住此际的感觉。我想我终会忘记这小小低矮的茶棚，棚下嬉笑的小孩，小孩手里黄色的野菊，偶然相逢的骑摩托车来看山的德国男孩，坡地上的鸡和狗，花和草，以及远方的亦明亦晦、亦晴亦阴、亦刚亦柔于我却亦熟悉亦陌生的喜马拉雅。

也许正像古人的结绳记事，将来检视记忆，只能看到大大的一个"结子"（也许会结成青绿色的结子吧）。只知道在生命里的某一个清晨有我极重要的"看山事件"，但那种种细腻的感受，我此刻尚且又惊又喜欲哭欲笑地说不清，遑论未来。

·

下了两千多米高的"观山点"，回到加德满都城里吃了些人间烟火，本地人不吃牛肉，牛排极便宜，饭馆一给就是十二两一块的大牛排。

·

天气阴蒙，下午的观山活动许多人不肯再去，只剩我跟"阿伯"两人又去赶落日。车子如行旋梯，一层层往高处爬，每过一带山泉，山就更深一层，走着走着竟不见了山，这才知道凝重如君子的峰峦偶尔也有顽皮如小童的时候，他们相竞闪躲在云雾里，竟玩起捉迷藏的游戏来了，一时间只觉满车都是白氤氲的烟气。凭窗望去，千山万木，都等着我去捉他们，我也不理，径自看我的云雾，只见有些经验不足的山躲得不够好，不是露脚露手，就是露鼻露发，明眼人一眼就看出来了，忍不住嘿嘿暗笑。

到了卡卡尼山头，果然不出所料，既无落日，也无山头，只见密遮遮一片灰白。看不到山，是一路上心理上早就准备好的，不见也罢，反正我知道它在那里，它也知道我在这里，就好了。人生许多事，也只能如此只许如此吧？见山的果然见到山了吗？不见山的果然未见吗？痴望着那片浓云密雾，想象山的真容，此刻境界已近乎宗教。你承认它信仰它，它与你脉息相通，声气相求——你却没有看见它或摸到它。

"你们来的不是季节。"导游歉然地说。

怎能说不是季节呢？没赶上"旱季"却也赶上了"雨季"啊，雨季难道不是季吗？何况名山胜水，怎容人在一天之内穷其奥妙？西湖十景里谁有本领同时看到"平湖秋月"和"苏堤春晓"呢？"断桥残雪"和"曲院风荷"也至少要去两次才看得到吧！我今不织而衣，不耕而食，且又御风来游，比古人所羡慕的"腰缠十万贯，骑鹤下扬州"更自在，天地之厚我如此，怎么再怪云雾不为我散？怎敢再怪落日不为我燃？

肩上是尼泊尔人手织的披肩，眉间是风雨，我坚持着把看不见的喜马拉雅山和未现身的落日看了个饱。

车子回程，天愈暮，云愈浓，想云和海必焉有其互为轮回的关系吧？云起时可以归聚成海，海激处，也可以腾冲为云。

∴

尼泊尔山间惯见一种土砖盖成的小屋，亲切引人，仿佛是植物，是从土壤里刚长出来的。

"你们看到那一栋房子吗？"我跟游伴们说，"如果有一天，你们在台北发现我忽然失踪了，到这里来找我准没错。"

"你隔壁那一栋是我的！"爱亚说，"你可以到我家来吃我做的葱油饼。"当然只是旅行人的疯话，却也自觉有几分认真，我们究竟爱上了什么？是那些无欺的脸吗？是黑眉大眼漂亮的孩子吗？是稻浪和群羊俯首吃草的牧野吗？是如攒如聚的叠山架嶂吗？是市场上有人担着叫卖的美丽的大大小小的陶缸吗？是到处开得黄澄澄的万寿菊吗？还是仅仅爱上了我们自己的一段爱？

再见，那几乎有些儿童趣味的舞蹈，那些驱魔舞、孔雀舞和面具舞。再见，被当作处女之神来崇拜的七岁的女活神，希望你快快长大，把这令人羡慕的职位卸给另一个小女孩。再见，那栋不可思议的由"一栋树盖成的",供当年朝香客憩息的庙宇。再见,巴丹镇上从龙首形的通水管里蹿出来的泉水。再见,那些头上长满了青草而益形美丽的庙宇。再见,那些老把我们看成日本人的小孩子。再见,那个缠着我要我买乳酪给你吃的小小朋友(下一次我去的时候该你买给我吃了)。再见,巴替岗镇上五迭塔形的财富之庙(塔下另有五阶),愿故事中那五种守卫永葆神力,愿第一阶的石雕大力士守卫常葆他二十倍于常人的膂力,而他身后第二阶梯上的大象,愿它永远葆有二十倍于大力士的神力。(依次排下去,真是对我数学能力的一项考验,象后复有鹰头狮身兽和女神,每层守卫累增二十倍的威力,到第五层的天将已具三百二十万"人力"了,财富之神的庙,宜乎守备如此森严;不过另外一说是每层累增十倍。)愿每一层守卫都恪尽职守,善持天财。再见,愿加德满都市集上的万千鸽子群无恙。再见,那些曾使我们觉得天地虽大,却无所逃于其纠缠的小贩,我梦里都会记得:"马当(女士)马当,我给你好价钱……"的口诀。再见,街上漂亮的军人(希望子弹能懂风情,不要伤了那么富有魅力的眼睛)。再见,那山径上看来挺有福气的喜马拉雅山神的大耳垂垂的羊。再见,旅馆中学会中文"谢谢"的侍者。再见,我曾胡说八道认为将来会属于我的小土屋……

再见,再见,"拉玛斯泰!"

我们会再来串门子,像中国人分手时喜欢说的那句话:

"再过来坐坐啊！"

　　模糊的激情里，尼泊尔，千荷的故乡啊，说不清我们爱上了什么，但至少，我们爱上了我们的一段慎重的爱。

# 交会

．
．
○

印度人的说法：一切河流交汇之处，都是神圣的。

## 楔子

八月底，在尼泊尔，因为是"雨季"，所以附带也是"云季"，大部分的高山只剩半截，我们只能看到云气呵护下的山根的那一半。但此刻飞机一腾空，我们高兴得尖叫，像玩拼图游戏的小孩，剩下的这一半被我们在云的上面找到了。

一路凭窗贪看山景，心中了然，只觉前几日读的山景算是下卷，现在跟上卷一凑，整个情节立刻一清二楚了。

此行往印度，舍山而观水，应当另有一番惊动。

一下飞机，一卷热浪扑上，错不了的，这就是瓦拉那西城，这就是印度了。

生平是个循规蹈矩的人，所以忽然决定盛暑赴印度，在亲朋间不免引起小小的骚动。

"八月去印度，岂不热死？"

其实八九月间，在印度已算秋天了，这段时间最可怕的不是热，而是雨。旅行的人会不会被雨所困？就要赌一赌运气了。至于热，玄奘当年受得了的，七亿五千万印度人受得了的，为什么我偏偏就娇贵一点？这么热的地方，《吠陀经》和《奥义书》还不是照样写出来了？这种温度并没有把释迦牟尼的智慧灵明热得融化掉了，也没有把泰戈尔的诗才销毁。我在自家热带岛上好端端地住了三十年，现在早拿定主意不怕任何热了。

没有下雨。

而且，发现大家都能抵得住热。

旅馆是老式的那种，拜潮热之赐，厚地毯有一股怪味，好在草坪很大，藤椅也很舒服，一本《奥义书》放在膝上，那本书我在台北虽也翻翻读读，总不如此刻剀切，眼前的垂垂绿荫，一一仿佛注释，使人明了易懂。其中有一段跟《道德经》的首段论道的话倒可互相参证：

它，不是语言之所能言——是语言因之而言

不是心之所能思——是心因之而思

不是眼之所能见——是眼因之而见

…………

论生死，此书也说得空灵剔透：

有如一条尺蠖，到达一张叶子的末梢后又自另一张叶子挪移过去——自我，也这样摆脱肉体，离却无智，向另一世界迁徙过去。

夕阳在树，恒河在两公里外兀自流着，智慧的贝叶在手上，观光客在游泳池里沉浮，瑜伽老师在到处游说拉学生，卖纱丽（印度女人穿的长达十几码的裹身衣料）的老板正热心地示范，食物在餐厅里忙碌地烹制，养蛇的老人在引诱大家出钱看"猫鼬大战眼镜蛇"。印度是什么呢？这天竺古国，这奇怪的，被中国称作"西方"而又被欧洲人称为"东方"的土地，一张钞票除了用"兴度"语注明币值以外，竟然另外还需要加上"孟加拉国""玛鲁瓦蒂""玛里亚兰""乌都"等十三种语言（加上"兴度"语，共计十四种），而这十四种并不代表全数文字，据云印度种族大约三百五十种，单单要让这样离心离德的三百多种种族吃饱已经不是易事了，何况人吃饱了总是还有其他的事，当然，吃不饱又有更多的事。

想想这样一座城也真替它发愁，十万座庙的城，以湿婆为守护神的城，二千六百年前就文物鼎盛的城，一年三百六十五天里它倒有四百多个节日的城（一方面因为神多，一方面因为种族多，所以经常一天要庆祝好几个节），这到底是个怎样的地方？

·

"喂，你们是从台湾来的吗？"一个瘦黑鬈发的印度男孩跑过来。

一路上老被人当日本人，解释成中国台湾又老被误听成"泰兰"（泰国），解释起来实在累死人，但不解释又不甘心做日本人，真烦，此刻居然有人讲着普通话，前来问候，真不胜惊喜。

"你怎么会说中文？"

"我在尼赫鲁大学主修中文，我叫马维亚，在飞机听你们说中文，我就猜到了！"

他虽读了中文，在印度也用不上，只好又学了西班牙文，做起西班牙语导游来，这两天他被一个委内瑞拉家庭雇用，那家人个个长羞圆胖，却冷着脸毫无笑容，大概是户有钱人家。马维亚茹素，跟我们坐一桌，谈得很起劲。

·

去恒河，是凌晨五点钟的事，因为要赶着看日出，看印度教徒如何对着旭日晨浴，只好绝早起来。

恒河照梵文应称殑伽河，因为它是经殑伽女神导引下来的。恒河的神话极委婉，恒河原来的流域是梵天界的梅尔山顶，因为拗不过下界苦修者拜基拉达的真心，于是一流流到湿婆神的头发上，打算顺着头发再流到天竺国，但湿婆的头发太浓密只好分做七股流下来，而殑伽女神成为顺着头发顺着水滑到人间的一个神。

这天早晨，我们来到岸边的时候，恒河早已举行过百万次以上的日出典仪了，如果把三千年来每日前来恒河的人次算上，更是不可思议。对我而言，这恒河也算圣河，只因它发源自喜马拉雅，而我国既拥有半座喜马拉雅，这条河于我国也几乎有"半子"之亲。我们雇了一条船，为了防污染，这里的船都是小木舟，先往南行，再折北上。刚上船，只见旭日从灰云里艳射而出，亦光华亦幽晦，与"晴空万里"的单纯相较，别是一番意趣。城在河西，全城的人都可以站在一阶一阶的岸上一面沐浴，一面看河东的日出。岸上的人群令人目不暇接，许多人正用一种白色小树枝当牙刷漱口（这种漱口棒阿拉伯人也用），用法是把末梢部分用力一压，使之散成纤维，就可用了。令人吃惊的是，有人用河泥当牙粉在洗牙齿。岸上还有人在为人剃发，剃发颇有讲究，因为印度人相信人身如庙堂，人的头顶心那块部位就等于庙尖，所以那块头发必须保留，叫作"通往天堂之路"。又有人在卖花，花放在叶片上，纸盘式的小油灯放在花上，然后放在河里，任之逐波而去，算是一种许愿。还有人在祈祷，有人在静坐，有人在惊险万状地扯下围身布（虽然使人无所回避，但他们多半有本领使自己不致被窥及全裸）。有人在等待布施，有人分明是凑热闹的嬉皮，在追求神秘的东方经验。有人一脸虔诚，涉到河深处，打一点圣水回家，据说可以供祈祷或为临终病人抹点在双脚和嘴唇上用。做父母的也每带孩子前来，一位父亲把一罐子水猛然淋在儿子头上，小家伙被水一淋又是惊又是叫，又是怕又是爱，小脚板乐得直蹦直跳，全世界的小孩淋水时都是一样的国际表情，看来无限亲切。但两百米以外的下游，却有一栋"待死楼"，有些老人静静地等在那里，那是他们晚年最大的心愿，死在恒河边，委身恒河水。

怎么会有这样一条河！

火葬工作虽是个赚钱的行业（印度的死亡率高），却限于最下等的人才可以做，下等人是第五等人，也就是"不可碰类"，这位火葬场主人地位虽贱，钱却不少，每天总有两百个死人送来。主人临河盖了别墅，门口特意塑了一只黄斑大老虎，尾巴翘得老高，有份自鸣得意的样子，却又让人觉得有些什么补偿心态。船行到火葬场下便算走完全程，大家正危颤颤地等着泊岸，只听哗啦一声，尘沙飞扬，从火葬场的矮墙里倒出一大堆黑渣渣的东西，可不正是尸灰和木炭吗？同伴中胆小的早已吓得魂飞魄散，及至舍船上岸，又见一个小孩被白布裹着，放在地下，平常尸体焚烧之前都用竹担架送入河水浸湿，算是最后一次栉沐。

"火葬场里女人不准来。"印度导游说。

"为什么？"虽然火葬场不是什么好地方，女孩子听了还是不服气。

"不能让她们来呀！她们一看到火，就会哭着跳进火里去啦！"

古代印度女子在战争期间曾有殉葬之风，印度有一个字Suttee，即专指跳入火中殉夫的女人，后来到和平期间竟仍相沿成风，相当残忍。伊斯兰教圣君阿克巴早已悬令禁止，英殖民地时代再申前令，如今女人跳火，不过十目所视，做个样子，她何尝想死？女人真想死，你关她在家也拦不住的。

这种事，身为女人，我相信自知得比导游多。

"小孩子不用焚烧了，"印度导游走过横放在岸边石阶上的死孩子，漠然地说，"圣人也不用。"

"为什么？而且，你怎么知道他圣不圣？"

"苦修的人就是圣人，这两种人都是纯洁的，所以不必烧，直接放到河中间水深的地方就行了。"

"那多脏呀！"

"人的身体一点用也没有，如果死了可以喂鱼，也算是一件好事，我们印度人是这样想的。"

所谓脏与不脏，实在很难说得清，我们嫌恒河藏污纳垢，而文明世界的工业污染才真让河川脏得更厉害呢！

回到住处，伴我们来的旅行社的于先生请教旅馆经理：

"我们今天早晨看到恒河边上有个小孩尸体，他的父亲缠裹他，怎么脸上一点悲伤都没有？"

得到的答案竟是：

"他妈妈在家会哭的呀！哭得死去活来！"

在印度问话常常会得到出人意料的答案。

·
○

由于当天早上印度导游急着带我们去买纪念品（那大概是他们很重要的权益吧？），我和爱亚意犹未尽，第二天又起个绝早，搭另外一队日本团的便车和船再去一次，打算好好看看火葬场。火葬场虽说不准女人走近，指的是死了亲人的印度女人，像我们这种没有跳火危险的女人是不在禁止之列的。火葬场工人对我们很客气，让我们站在很有利的位置上观看，不过照相是严禁的。由于瓦拉那西是个古城（在孔子时期，此城已经颇具规模了），一切设备都沿旧制，火葬场仍是露天式的，矮墙围成的大约二十米见方的一块土上，横七竖八地架上一垛垛的木桩，每垛木桩上各架着刚开始烧的，烧了一半的或快烧好的死人。

"一个人要烧多久？"

"要四五个小时。"

一个人要花二十年才弄得到一个博士，要花好几年去恋爱（包

括失败的）才找得到一个配偶（而搞不好，对方仍会中途脱逃），
要十月怀胎才能得一个孩子，要分期付款十五年才买得下一栋房子，
只是一旦两腿一伸，只要四五个小时（电力的还不须这么长的时间），
就可以轻者化烟，浊者成尘了……

也许是心理作用，只觉火葬场上烟雾腾天。

一个人，如果一生之中可以认定一条河去饮于其中，沐于其中，
生于其中，死于其中，不管别人怎样看他，思想起来仍是一件令人
眼湿的情感。

那些死者不但死了不会说话，即使活着，由于教育不普及，恐
怕也未必是能文能语的人。但此刻，当他们肉体正哔哔剥剥一缕一
缕化为蔍粉的刹那，我仍能感到他们对恒河的痴爱，那样的无言之言，
把什么都说清楚了。使我蓦然生敬的与其说是恒河，不如说是印度
人爱恒河的那份爱。

瓦拉那西是因瓦拉和那西两条河交汇而得名，印度人一向认为
凡是两河交汇点一定是圣地，瓦拉那西因此一向被视为圣城。两河
交汇有何圣处，我不知道，但每当另一个思想另一种态度触动我，
与我若有所接若有所会之际，我总悚然惊起，恭恭敬敬地接受这种
心交神会。心思灵明的交会也是神圣的——我想。


到瓦拉那西的人当然也都会去看鹿野苑，鹿野苑是释迦最初说

法的地方，中间没落三百年后，借孔雀王朝阿育王政治的力量而重行整顿。此人之于佛教，一如罗马的君士坦丁大帝之于基督教（君士坦丁去耶稣亦同为三百年），汉武帝之于儒教。三个人都是雄才大略，善于用兵。但大才华、大功业也每每带来大寂寞和大疑惑。阿育王在尸骨堆如丘山、血流汇成沟渠之余确立了他的帝国，却感到可怕的空虚和罪疚，一时之间竟变成释氏的信徒。大凡古来大彻大悟的人总不会是"孽海记"里的糊里糊涂自幼入庵的"色空尼姑"，（无怪她到后来要"思凡"了），相反地，每每是嗜食狗肉的鲁智深、风流俊俏的柳湘莲反而更能看破。阿育王先前的暴虐和后来的仁德令人简直不能相信，他不但爱民如子、善待邻邦，提倡法治，而且，居然还设立了兽医院。阿育王当年自己登坛说法，全盛时期有一千五百个和尚……但这一切现在多半已成断垣残壁，十一世纪伊斯兰教一度输入，印度教和佛教损失惨重，庙宇被毁，神佛每被斩头去臂（不但泥菩萨不能自保，石头菩萨也不能自保）。某些地方，如菩提伽耶，当时有人硬是用泥封的方法把它整个圣迹掩盖起来，后来英国人又根据玄奘的《大唐西域记》重新把这些遗址一一挖出来。

我虽然既不信佛教也不信印度教，但两相比较总觉佛教可亲些，温和些，纯净些。印度教则不免显得烦琐魅异。鹿野苑算是印度境内少数佛教风格的景观，其中绿草平软，开阔明朗，"阿育王树"长得像一把规矩的伞，梭形的树叶一一成九十度垂向地面。树叶边缘微皱，像浅浅的荷叶褶。

"你们看那棵菩提树很有名，它是第三代呢！"印度导游说。

"第三代？那，它的祖父在哪里？"

"在佛陀伽耶，就是释迦牟尼当年悟道的时候坐在底下的那一棵呀！"他对我们的无知几乎有点惊奇，"那里叫菩提树、金刚座，可是那一株老树已经死了。"

"它的父亲又是谁哇？"

"在斯里兰卡（锡兰），是从佛陀伽耶拿去插枝的，这一棵又是从斯里兰卡拿来插枝的！"

"佛陀伽耶现在居然没有菩提树了吗？"

"有！而且长得也很好，不过，它也是从锡兰岛倒插回去的。"

我想我会一直记得，曾有一个八月的清晨，我站在瓦拉那西城的阿育王鹿野苑里，凝神看一株清荫四圆的菩提树，树无所奇，奇的是它的身世。树和树，原来是可以异株而同根的。这一番树的血缘使我心驰神飞，早已忘却此际身在印度，只觉我看到的是故国的文化、五千年的道统，它可以跨海插枝而再生，它也可以在老株枯死僵仆之际重返其血肉，重归其精神。台湾，我所生活的地方，不正是一棵枝系叶茂的文化再生树吗？

鹿野苑里有博物馆，里面的东西全取自本地。

∴

　　去看织纱丽的厂，原来一块纱丽料子竟要纺上十天以上。明知道回到台湾岛不可能穿那种东西，但还是忍不住想买，必须一再告诫善忘的自己："别买，别买，那东西没用的。"

　　可是一方面又鬼鬼祟祟地劝别人买，别人买了，我们将来有空去她家再瞧两眼过瘾也就心满意足了。

∴

　　"这是印度大学，全亚洲最大的。"

　　真有那么大吗?

　　"全世界的人都可以来读书，这是许多人合起来捐款盖的——其中捐款的人包括乞丐。"

　　简直像中国的武训啊!

　　大学本身也貌不惊人，比较特殊的是建有一所耗资两百万卢比的白色大理石庙（想想印度这么穷，这价值九百万台币的庙在好些年前也就颇为可观了），另外也有一间博物馆，对象居然又多又精而且绝不重复，陈列也落落大方，不致小家子气。

∴

瓦拉那西城里有两样雕塑我几乎看得发痴，挪不开脚。

其一在鹿野苑博物馆，雕的是一座变形人体，名字叫 Ardhnari，意思是"完全之神"，那神明一半是男体一半是女体，男在右女在左，中间身体部分作 S 形分阴阳，虽然雕像高不过一尺，但极尽精妙，不免令人想起希腊神话里男女本为合体的传说，而男女一体时，原具超凡神力，后来为神所惧，才拆之为二的。从此男女便苦苦地寻找，想找回原来的"另一半"。

而这神叫"完全之神"，跟我们所说"二人同心，其利断金"的意思也相仿，希腊雅利安人曾在我国盘庚迁殷以前就打到印度去，这小小的雕像想来正是两个文化交会的结果。而我站在这里如痴如醉地看这座雕像，恨不得引雕像一步步走下展览架，走到我的睫前，和我正在思索着的那句"一阴一阳之谓道"的中式思想交会而合流。

其二是大学庙堂里的帕尔瓦蒂（Parvati）和刚乃虚（Ganesh）母子神像。那里面有一段长长的故事：

帕尔瓦蒂是湿婆神的妻子，司音乐和文艺，略等于缪斯，她的丈夫湿婆神虽然只是三位大天神里的一个，但一般而言却是民众最熟悉的一个，他疾恶如仇，专司惩罚性的破坏。而有一次，他因天下事务繁忙，许久没有回家，他的妻子帕尔瓦蒂百无聊赖中搓搓自己的手臂，不意却搓出一个小男孩来（小男孩也是神，当然立刻就长大）。等父亲湿婆回来，竟发现一个少年当户把守。原来那天帕尔瓦蒂正在沐浴，严嘱儿子看门，不可放任何人进来。他不知道湿婆是自己的父亲，当然也不准他进去。湿婆更为疑心，两下打起来，少年的头立刻被砍掉了。然后，湿婆才知道自己杀的是自己的儿子！好在孩子是神，砍了头一时不会死，只需重新安装回来便可，但奇怪的是砍下的头居然找不回来，眼看再找不着就不济事了，刚好有一队象走过，湿婆只好另外砍个象头安在儿子的脖子上。从此他的儿子就成了一个象头人身的神，他被当作"知识之神"兼"幸运之神"。

平时庙里这些神都各有神座，但在印度大学的庙里不知为什么把帕尔瓦蒂和刚乃虚放在一起，母在右，子在左，母亲用一块纯黑色的大石头雕成，端凝美丽，儿子用白而微红的小块大理石雕成，一副乖巧作痴的模样。刚乃虚本来也算个人物，广受香火，但只因坐在母亲身边，便自有母子相依的动人处。我走了老远，想想不舍，又折回去仔细盯着看了一番。不是黑色大雕像动人，也不是白色小雕像动人，是两像之间视而不见的情最动人。

·

"这个城，一向被人叫作学习的和煎熬的城（city of learning and burning）。"导游很权威地说。

"学习跟煎熬有什么关系？"我问。

"要受得住烧烤煎熬才学得成哇！"

"我们中国人不是这样说的，"我笑起来，"我们说要学习就得忍受十年寒窗——大概你们太热了，才想出这样的成语。"

·
。

寒窗滴冰也罢，焦苦烧灼也罢，为人能像一条河，一面流一面能与别的河交汇错综而蔚为大地的叶脉网络，实在是件可奇可喜而又神圣万分的事。

# 情冢

## ——记印度阿格拉城泰姬玛哈陵

　·
　·
　。

　　要去印度了，心情有点像十六七岁的女孩，知道前面有一场惊心动魄的恋爱，那人的粗细长短似乎并不重要，重要的是，我要谈恋爱了，这是件大事，极慎重极兴奋，是秘密的隐私，却又恨不得昭告天下。当时搜了一堆参考书，竟又偏偏不去看，因为喜欢留几分茫然和未知。

　　"啊，可以看到一些佛教古迹吧！"

　　有朋友如此说，我笑笑。

　　"可以看看印度教的艺术！"

　　更内行的朋友如此说，我也笑笑。

　　至于我要在印度看到什么，自己也说不上来。好似王宝钏站在彩楼上，手里握一只绣球，想要丢给一个叫薛平贵的男人，而薛平贵又是谁呢？一个远方的流浪人？一个在幻象中红光护体让人误以为花园失火的人？不知道，但知绣球落处，一切一定是好的——因为我相信它是好的。

•<br>。

及至到了印度，才蓦然发现，许多让人流连的古迹，既不是佛教的，也不是印度教的，而是伊斯兰教的。从十七世纪到十九世纪，莫卧儿帝国一直统治着印度，这期间，印度本土的神雕断头折臂斩腰削鼻不一而足，总之连神带庙，给弄得七零八落。至于伊斯兰教自己在失势以后留下的建筑，因为佛教没有那么强烈的排他性，倒很幸运地都一一保留了。而伊斯兰教徒一向又有洁癖，古迹保持得相当完好，"阿格拉"古城就是如此。

阿格拉几乎是莫卧儿帝国时期的"副都"（正式首都在德里），天气干燥，土质多砂，倒有几分具体而微的大漠景观。不知是否此城的天然环境较近沙漠，容易引起蒙古人的乡愁，所以会有许多位莫卧儿皇帝都来建造它。或是因为这城既被许多莫卧儿帝王所钟爱，久而久之，竟也很知礼地把自己归顺为大漠景观以求回报？总之，这城市和其他湿热的城硬是不同。

•<br>。

飞机到了城市上方，俯首一看，毫不费力地就看到泰姬玛哈陵墓在下午的阳光中兀自白着。彼此一照面，虽各自一惊，却不肯就此泄了底，只两下静静打量不语。还有两天呢！我要好好看看它，此刻先不急。

旅馆是美式的，前面停着出租车、三轮车、马车和骆驼、大象，这一切交通工具都等着要把客人往陵墓带去。想着这么大这么新这么漂亮的一家旅馆，一年三百六十五天，日日住着想要去一窥泰姬玛哈陵墓的人，不能不说是一奇。旅舍中人去探陵墓中人，而旅舍难道不也是陵墓吗？陵墓难道不也是旅舍吗？想着想着，忽然迷糊了。

我的房间里除了正常的两张床以外，紧靠大片落地窗有一张八角形设计贴地而做的床，周围绕以矮矮的有图案的木栏杆。所谓床，其实只是围着栏杆的软垫，上面放一个圆柱形的枕头。

"为什么要有这样一种床呢？"我问提着行李在等小费的侍者。

"这是莫卧儿式的床。这里常常会有伊斯兰教国家的人来住呢！"

莫卧儿，这名字倒是听过，但自己的屋子里跑出一张莫卧儿床，感觉又拉近多了。我忙不迭地脱了鞋爬上莫卧儿式的床，抱膝看落地窗外的草坪和花园。莫卧儿，奇怪，莫卧儿分明是帖木儿的五世孙在阿富汗、印度一带所建的帝国，帖木儿本人又是元室的一支，想来我们国家和莫卧儿国也不是完全非亲非故了，如果不是十九世纪英国人入侵，现在印度也许仍是莫卧儿帝国，那又是怎样一番景象呢？落地窗外红花绿草兀自低迷。

∴

晚饭前，我们去赶一趟"夕阳下的泰姬玛哈陵"。

资料上都说泰姬玛哈陵是纯白色的大理石造的，其实不然，天然的东西总难得有百分之百的纯白。照我看，它的好处正在某些石块的微灰微红微棕所造成的立体而真实的感觉，如果每块石头都纯白不二，恐怕看起来反而会平板呆滞，犹如一张大型照片。

黄昏很合作，适度的霞光把四野拢在水红色的余韵里。正对着陵墓的大门前是一列几百米长的水池，一条不可踩踏的琉璃甬道。看到这里，才知道美国林肯纪念堂前的那一池水光是从那里偷来的。而且仔细一想，连白宫都有了嫌疑，白宫太有可能是从这"世界七大奇工"之一的陵墓偷去的构想，至少那份"白"，和那圆顶就有点难以抵赖。

大抵看墓园，最宜在黄昏，日影渐暗之际，归鸟投树之时，声渐寂而色渐沉，只丢下你和墓，相对坐参"死亡"的妙谛。而后，天忽然黑了，你不知道幽灵此刻等着去安息，或是去巡游，心中有一份切肤的凄楚。

因为贪看天光的变换，舍不得到陵墓里面去，只绕着整栋建筑，看那敦实的圆顶，看那些门框上看不懂的由花色石头嵌成的《古兰经》文。

"你们为什么不进去看？"有几个贴墙而坐的男孩闲闲地说。

"我们没有时间。"不知道是不是由于习惯，我们顺口这样回答。

"哼！没有时间！"有个男孩几乎有点气了，"你们花了几万块钱，老远跑到这里来，来到这里却不肯进去看，还说'没有时间'！"

"啊，今天晚了，"我们忙着解释，"明天我们会再来看。"

"明天！明天和今天是不一样的！"他的语气一半愤然，一半不屑。

我们出其不意地挨了一场骂，但因为喜欢他的自豪和霸道，都乖乖地闭了嘴敬聆教益。其实世间景物何曾有一瞬相同？早晨是行云的，夜来可能是山雨，百千年前的沧海此刻可能是桑田，曾经四足行走的那个奇怪生物，此刻已历经二足行走的阶段而进入三足行走的末程。世间何尝有一物昨日今日可作等观，那男孩毕竟是太年轻了，弱水长流，我只能尽一瓢饮，世界大千，我只能作一瞬观。我虽一向贪山嗜水，恨不能纵云蹈海，但也自知人力有时而穷，玩到力竭处，也只能拿《牡丹亭》里小丫头春香的一句戏词自慰，所谓："这园子委实观之不足——留些余兴，明日再来耍子吧！"

人生能尽兴处便尽兴，不能尽兴则留此余兴，但这些话太繁复，没法一一讲给那年轻的男孩听，且留他在暮色里独自愤然。能爱自己的景观爱到生气的程度，这人已够幸福，让他去生甜蜜的气吧！

暮色极深了，我们走不了三步就忍不住要一回头去看那建筑，远远只见陵寝内有一支隐约的蜡烛摇曳的微光。整个建筑俯下身来护住那一点火光，像一只温暖的白色的大灯笼。

∴

泰姬玛哈陵晚上不开放，但月圆前后四天例外，因为月下的陵寝又有一番玉莹的光泽。伊斯兰教教徒给人的印象虽每每失之太强项，但他们对月亮却独有深情，可惜我们没有算准时候，此刻尚是月牙时期。想来想去，等到月圆之夜来夜游泰姬玛哈陵是不可能了，只好自己加一段行程——在睡眠中去魂思梦想吧，月不圆之夜，对梦访者，那扇门应该仍是开放的。

∴

凌晨绝早，我和南华赶在朝阳之前，又跑到陵墓去。心情竟有点小儿心态，一夜都急得睡不稳。排队买了第一张票，一走进红砂岩的门楼，只见将醒未醒的一栋古陵墓，在蓝天绿草之间兀然巍立。多奇怪的石宫，昨日初见，不觉生分，今日再访，亦不觉熟稔。它是盖给死者的，却让生者目授神移，它是用石头建成的，却又柔于春水柔于风。

我和南华坐在石板地上，晨凉中痴痴地看那穆然的殿宇，癫狂就癫狂吧，如果要我看长城，我也有足够的痴情和癫狂啊！但长城万里，没有一寸为我而逶迤，我只能看泰姬玛哈的墓，它们同是世上的奇工，就让我像故事中崔莺莺说的"还将旧来意，怜取眼前人"吧！

　　（小小的翠羽的鸟，急远地从一棵树飞投到另一棵树上去，每一棵树都很碧绿很丰美啊，你们还挑来拣去干什么呢？你们叫什么名字？我叫你们作"树的电波"好吗？你们必是那些绿色的树所放出来的绿色长波短波吧？）

　　本来以为绝早之际，不会有游客，不料却有跟我们一样早的人络绎而来。令人感动的是其中大多数并不是东洋或西洋观光客，而是来自四乡的、结队成群的锡克族人。锡克人照例头上缠一块布，上身或着汗衫或赤裸，下身又是一块缠布，不知怎么缠的，竟缠成灯笼裤的形式，腕上戴锡环，而且，像约好了似的，大家一律长得又高又瘦又黑。这世界上几乎大多数的"漂亮地方"都是外国观光客的天下，但这些显然并不有钱的本土锡克族人却跋涉而来，要看看自己伊斯兰教世界里无限庄严的陵宫，这景象跟我常在"故宫博物院"看到中国小孩东张西望顾盼自雄的神采一样令人生敬。

这是一个怎样的早晨，一群远自中国台湾出发的女子，来看莫卧儿王朝五世国王沙杰汗国王的爱妻泰姬玛哈的陵墓。我们也身为人妻，也为某个男人所爱宠，我们一方面是来看这世上极雄奇的建筑，我们同时也来看这个一如寻常夫妻的平凡的爱情故事。

　　陵宫临河，河名朱穆拿，是恒河的一支，隔河是旧皇宫，以及猛虎为守的古堡。朱穆拿河在皇城一带是勇壮的护城河，但在陵宫之下却流成一首温婉的情歌，低低的，怕惊动了什么似的往前淌去。

　　世上多的是伟大的工程，但大多跟宗教、国防、炫奇矜能有关。金字塔当然足以令人叹服，以弗所的黛安娜月神庙也令人肃然，但看泰姬玛哈陵却令人心潮涌动，如黄河化冰，渐渐有声，看大匠奇工，竟能令人潸然泪下的，世间恐怕只此一处。

　　庞大的陵墓何处没有？秦始皇的陵寝光看数字已令人跺足而叹！那规模哪里是坟墓，根本就是一座城市，但泰姬玛哈陵却是一个丈夫献给妻子的爱，只此一点，便足千古。

　　早晨仍然清凉，我和南华仍然发痴一般远远地坐着，慢慢地遥读每一块石头，每一片镶嵌，想三百七十年前的一代风华。据说这是沙杰汗王子和蒙泰慈·玛哈王妃初遇的地方，她原来的名字是"皇城之荣"的意思。她十九岁出嫁，过了十九年的婚姻生活，其中十七年是王妃，两年是王后，生了十四个孩子，却夭折了七个，最后生完一个女儿，便在随夫南征的营帐中死去。想来做贵夫人也大不易，如果说"半生忧患"，倒也是实情，而沙杰汗对她的深情，恐怕也是从这番转战南北，相偕相伴的寻常百姓的夫妻之义而来的吧？细味"寻常夫妻"四字，只觉得有余不尽。

陵宫并不极高，两百五十英尺，约等于二十层大厦而已。四角远远的有四座同质料的石塔，算是祈祷塔，看来陵宫是被祈祷所环护的。石塔用肉眼稍微仔细看立刻可以发现与地面并不作九十度垂直，而是稍稍向外侧倾斜。这些细微处一看便知道是一个体贴入微的好情人设计的。他怕年代已久，石塔倾圮，所以预先在设计上把它向外斜出，即使有一日，地老天荒，石崩塔坏，也不致向内压倒，惊动陵寝中那美丽女子的睡睫。

一个极小的男孩，正正经经目不斜视地往前走去，那么小的孩子竟有那么肃然的表情，我几乎想笑，但终于没笑出来，只凝神看他一路走向陵宫。他将成长为一个怎样的印度少年呢？他也会是一个"情之所钟，正在我辈"的人吗？人间的爱情能一脉相传吗？世上多的是伟大的史册，堂皇的建筑，但泰姬玛哈的建筑却是秀丽而深情的，小男孩啊，你看懂了什么，你记取了什么？

泰姬死于一六三〇年，陵宫自一六三二年盖到一六五三年，每天动用工人两万，其间曾因政治局势而停工一段时间。沙杰汗死于一六六六年，三十六年的鳏居就国王来说是一件奇怪的事。那是一个月夜，那年他已七十五岁，爱情却犹自温热，据说他临终时从古堡的病床上支起病体，遥望朱穆拿河对岸的月光下的泰姬玛哈陵最后一眼，方始咽气。

他们合葬在一起，国王的墓尺寸上稍大一点，但他早已把中线的位置留给爱妻了，他自己像一个因事晚睡的丈夫，轻轻地蜷在一旁休息，这一侧卧，便是三百年岁月。不管人间几世几劫，他们只一径恬然入梦。

听故事的人常常听到的是沙杰汗的爱情，一首国王和王后的恋歌，但泰姬玛哈陵其实是一则双料的爱情故事。沙杰汗虽贵为国王，毕竟不是建筑大匠，当年丧妻，虽一心想造一个好陵寝，却又不知如何着手。当时刚好有一位建筑师来献图，整个设计虽大体仍沿着伊斯兰教建筑的圆顶和塔柱的基型，但是他敢于建议用白色大理石代替旧式建筑的红砂岩，在比例上也做得匀称完美，沙杰汗终于决定采用他的设计。

而那位建筑师，我们所不曾闻名的一位，为什么能有那么细腻美丽的设计呢？原来，他当时和沙杰汗一样，同是丧妻的伤心人。一个有大匠之才的男人和另一个有权位在手的男人，两人都拗不过命运，同时丧失了他们的妻子，但他们却执拗地爱下去，两个人合作完成了这项奇迹。建筑师的设计原来并不是给王后的，他是为他自己心中的王后，他的亡妻而设计的。虽然陵墓后来以泰姬玛哈为名，但想来他自己的妻子却必然带着了解的微笑临视每一根柔和的线条，她会说："我知道你是为我做的，不管别人叫这墓为什么名字，我爱啊！我知道，你是为我做的。"

那是一则双倍份的，爱的故事。

在这里，每一块大理石和另一块大理石之间是以爱情为黏合剂而架构起来的。

轻轻地走过，轻轻地传述这古老的故事，不要惊起一则三百年前的爱情。

·
。

陵墓里面到处饰以整片的镂花石板，长宽各约五尺，看着实在觉得眼熟，有些分明是石榴或莲花的图案，石棺的周围尤其明显，除了必要的小入口，四下用这种石饰绕得有如一圈石篱笆。

"这些雕刻，当时都是从中国请来的艺术家雕的！"导游说。

怪不得看着如此亲切，算来当时是明朝了，不晓得是怎样一批人千里迢迢来到印度做镂花石匠。这种图案分明是该用木头刻的，他们却硬把石头当木头来着刀，而且刻得如此亦娟秀亦刚健，实在令人爱不释手。做个没学问的人真好，因为永远会遇到意外，跑来印度看到伊斯兰教艺术自己已觉得十分可惊可奇，及至在王后陵寝中又发现中国匠人的手迹更是瞠目结舌，乍悲乍喜。

墓穴分两层，上面一层是"虚墓"，下面一层才是"实墓"。

另有一说谓真正的墓还要再掘地数丈，不过那种事对我而言不具意义，那是考古学家和盗墓者的事。

墓前坐着守墓人，一灯如豆，他不时长啸一声来表示陵墓设计上的回声之美。伊斯兰教世界的音乐别有一番凄紧扣人的魔力，我在回廊中转来转去，听回声盘旋而上，如果中国诗人相信鸟鸣可以使深山更幽静，则这串吟啸想来也可以使陵墓更肃穆庄严吧！

．
。

太阳渐渐升高，整个墓宫也由凌晨的若有若无的莹白色转变成为刚烈的金属白。当年建材的选用真是高明，简直有点道家的意味，以不设色为色，结果竟反而获致了每一种颜色，时而是晨雾牵纱，时而是夕阳浴金，阴晦时有含烟的温柔，晴朗时有明艳的亮烈。天空蓝中带紫，谦逊沉着，仿佛它的存在，只为给泰姬玛哈陵做一面衬景。已经五个小时了，我和南华移坐在石塔的阴影里，依然目不转睛地望着那不朽的美。

手边有一本印得很粗陋的明信片，上面引用了几位诗人的句子，这种题咏，总是显得吃力不讨好，有一位乌都诗人（乌都是印度的主要种族之一）说：

"好像沸腾（冒泡）的牛奶湖。"

另外一个印度诗人说：

"以皎柔的月光筑成的仙境。"

和真正的泰姬玛哈陵相比，那些诗句显得笨拙而又多事。

"别人怎么说，我不管，我说，"导游一副志得意满的样子，"泰姬玛哈陵像一颗爱的眼泪的结晶。"

他说完，等着大家鼓掌，我们鼓了，心里却不甚甘心，因为觉得也没什么大好处。

其实说泰姬玛哈陵"像什么"是徒劳无功的，它什么都不像，它是它自己，无可比拟，而且，也不必比拟。它清清楚楚说明了两个男人的悼念之忱，使人想见当年两个早逝妻子的清纯可爱。

"你们喜欢泰姬玛哈吗？"导游像考小学生一样问大家。

"世上所有的女人都会喜欢泰姬玛哈的故事！"我说。

一个印度女人擦身而过，她穿着一身湖绿色的纱质纱丽，真正的"其人如玉"，微风动处，"如玉"的裙裾又复变得"似水"。而当年的泰姬又是怎么的风情呢？十九岁初嫁，朱穆拿河里曾经鉴照一双怎样的璧人！

.
.

再看一眼泰姬陵，再想一遍前因后果，以恋栈不舍的目光为花，再献一束芬芳吧！

泰姬，世间所有的女人，基本上是彼此知悉的，因此，容许我和你说话，像朋友一样，泰姬，世间的万千故事里，如果少了你的这一则，将是多大的遗憾。

泰姬，我在垂老之年来至以前，我希望能再看一次这陵墓，在月下，在雨中，在朝曦夕照间。

泰姬，幸福的女人，你使我明白，什么叫作一个女人的幸福——而且，原谅我，当我赤足走在绿茵上（伊斯兰教、印度教和佛教的庙堂都要求参观者脱鞋），当我坐在石板上，当我穿过百花盛开馨香感人有如一卷经典的绿树，当我叩响每一片大理石的清音，去遥想你隔穴的心情，我忽然为强大的幸福感所攫住，并且重新估计自己究竟拥有多少资产。

你盛年而死，我却活着，并且很无赖地强迫丈夫要把一首叫《白头吟》的歌练好，以待他年唱给我听。

你虽身在世上最美的陵墓中，却不及见其设计之典丽，嵌镶之繁复，我却千里而来，相对俨然，身在山中不见山，何如身不在山中而可以追烟捕岚听风观树。泰姬啊！一棺之隔，我原以为我要来嫉妒你的，而现在还是请你嫉妒我吧！

你活着的时候有仆从之盛，宫廷之富，我却只有小小的公寓，和一畦"日日春"，种在绽红送翠的阳台。但我的那人却说："天地虽大，有一小块地方却属于我们。"当紫薇和小茉莉相对各自紫其紫白其白，我爱宇宙间的这立锥之地远胜皇苑。

泰姬，这样的陵寝而今而后再也不会有了，这样耗费一亿多人次的大工程古来也可能只有这一座了。有一日，如果死亡走近我的屋檐，我们会束手请它先带走它所宠眷的一位。如果它先带去的是我的丈夫，我确知我的名字将是他口中最后的呢喃。如果被选中的是我，我也深信我的墓穴会是一座血色的红宝石宫殿（和你的白色系列成为多么漂亮的对比啊！），红而温暖，在一个终生相随的男人的宽阔胸膛中，中间而稍左，在那里，我将侧耳，听我一生听惯的调子，他呼吸的祈祷，他血行的狂涛——再也没有比那更好的位置，宇宙的坐标图上最最温柔的一个点。

　　泰姬！

# 地勺

## ——记达尔湖以及湖所在的克什米尔

．
．
○

　　初识克什米尔，是在一张宣传单上，一座五颜六色的大花园，绝对而纯粹的漂亮，心里立刻警觉起来，开始有几分不放心，觉得这种地方美则美矣，可是，不免有点像在很过分地讨好观光客。我一向怕别人太讨好我，我喜欢去的是自顾自地在生活而不太搭理观光客的地方。而且，正像女人，太漂亮的难免肢体发达头脑简单，如果仅仅为了花园里那片缤纷，走过三分之一的地球，我是不甘心的。

　　可是，"克什米尔"那名字实在好听，古人论诗分"声情""辞情"来解析作品的美，所谓声情，便是指诗的音乐性，以及"听来好听"。克什米尔的声情不错，细细听去，柔和悠远，略带几分迷离，也许该翻成"慨虚谜尔"，习惯上克什米尔又总跟羊毛联想在一起，想到开司米羊毛，只觉柔和温暖，很想握在手里摸一摸，贴在脸上摩一摩。而且，它又跟我们小时候跳的一支新疆舞里的地名十分相似，那首情歌的内容无赖而可爱："天空的颜色是蓝的，喀什噶尔河水是清的，你若不答应我要求，我向喀什噶尔跳下去。"歌跟舞本来早就忘了，此刻却一起兜上心头来，不知那情歌中的女孩经此威胁有没有答应那赖皮男孩的求婚？不知道她如果不答应，那家伙有没有真的跳下去？唉，新疆真是远，老歌真是远，那对河畔的小冤家到底如何了？真叫人放心不下。急急去翻一张地图来看，一片新疆大得吓死人，两只手都放上去还盖不满呢，而比例尺上说是六百万分之一，如果直的加六百万倍，纵的也加六百万倍，真的新疆就该是三十六亿倍了，如果这张图上需要三个手印才遮得住，整个新疆想是需要一百零八亿个手掌才能遮满。想到这里，心里涨满对那块未见之地的柔情。新疆，愿我有比千手观音更大的法力，愿我有一百零八亿温暖的手掌，轻轻地，一一地覆遍你每一寸土地，是摸索，也是膜拜。

终于找到喀什噶尔河了，高兴地看了半天，好像连波光都看到了，只是依然想不出那首歌里的少年到底有没有把那姑娘娶到手。沿着河向西南，就是克什米尔了，克什米尔和克什噶尔一定有点什么关系吧？地图的边沿上写着一行"中苏阿巴印未定界"，中学时画地图，很烦那几个字，既然未定，还叫人画图，真没意思，可是此刻看了却暗自高兴。这地方东边是西藏，北边是新疆，其中有块叫"拉达克"的地方，外号就叫"小西藏"。好吧，去吧，虽然宣传数据上花园里的鲜红嫩绿让人觉得肤浅，但"慨虚谜尔"实在蛮好听的，说不定真有可观，何况它又和西藏新疆比邻，我对它先自有几分情了。而文字学的老师说过，大凡字音和 m 有关的，像"幕""秘"多半和神秘、包覆的情感有关，"慨虚'谜'尔"也有此音，我倒要试试文字学家说得对不对，想来"慨虚谜尔"应该是神秘的，应该是包覆着的谜，等着我们去猜中。

○

及至到了印度，每次碰到有人问我们旅行路线而我们一一回答时，总免不了引起一点艳羡的叹息：

"啊，克什米尔！"

"啊，度蜜月的地方！"

我们的虚荣心愈来愈高涨，不久就学会用沾沾自喜的语气自动去刺激别人：

"喂，你知道吗？我们要去克什米尔哇！"

大家对克什米尔的热情一路上因为别人的嫉妒而不断增加，一个隐隐的高潮在心里渐渐成形了。

飞机还没有降得很低，山坡上的村子便已经一一在望了（可能是空气干净的关系），那些小屋显然是贫穷的标志，铁皮屋顶在阳光下反着光，看来比瓦顶屋更寒碜，凭窗看去只觉山势陡峭，一座座屋子里住的恐怕都是终身不曾远行的村民，可是，我知道，只不过交会一眼，我已经羡慕得很压抑地在劝自己了：

"不要眼红，只要这世上有人活得好，而那人却不是我，也罢，不也一样吗？"

这样的话，对自己不断地多说几遍，倒也有效，只是心里还是免不了怅怅然。

。

投宿在船屋上，香港的水上"疍家"（或写作"蜑家"）给人赤贫的印象，此处的船屋却是豪华的。以整个千顷翠波的达尔湖做院子，不管是大船小船，只要在水湄有一小块栖息之地，便自令人有幸福到生罪疚感的程度。

我们的人分宿在两条船上，船是纹理极细致的木材做的，加上很古典的镂花，地上铺着厚地毯，头一间是富丽堂皇的琉璃吊盏的客厅，第二间是高背椅俨然的餐厅，接下去左边是甬道，右边是卧房，最后一间不需甬道所以大些。船左右两侧有窗，窗外时有翠鸟呼朋引伴，不仔细看，只当是一种浮动的荇藻，船屋白天很凉爽，晚上冷得要盖三床厚羊毛毯。

克什米尔真正的特产应该是山景，其他倒也普通。奇怪的是玫瑰别处也有，偏偏这里的开得特别大，特别挺。芳草当然是天涯到处都生的，偏偏这里的含烟沁翠，绿得要冒出水来。达尔湖虽迷人，世界上却也到处有湖啊！但这达尔湖一尘不染，低头只见小鱼在水草间摆头而游，想来大概等于美人与丑女的差别了，一般是两个眼睛一个鼻子一张嘴，美丽灵秀的和肮脏遢邋的却有天壤之别。至于我一直担心的"做作景观"，倒并不存在，克什米尔还是各人过各人的日子，虽然也赚观光客的钱，但一花一草却是他们生活里真实的东西，宣传资料上太艳的花，太华丽的喷泉，其实是因为没有和峰峦和高原和大湖一起看的关系。

。

　　放下行李吃了烤羊肉，就等着去看花园了，为我们开饭的管家把白衣服一脱，转眼又变成了生意人，说是有表亲托他卖精品东西，颇有"工厂直营"的味道。他把羊毛披肩一条条抖开，我们立刻知道惹祸上身了——一张大布里简直有成千上万的披肩，只好拿出中国人的"拖"字诀来，一切赖到"下次"再说。

　　船屋和马路之间因为有湖相隔，往返都要坐一种小船。印度、尼泊尔、克什米尔一带因为长期和英国接触的关系，许多小生意人都能说满口英文，做观光客生意的当然更是无师自通，但奇怪唯独对这种小船，他们一定要坚持"原文"，叫它"锡克惹"，问他们"锡克惹"有什么特别的意思，答曰，没有，就是boat（船）的意思。那么为什么不叫它boat呢？答曰，因为事实上它就是"锡克惹"嘛！没有办法，我们只好被强迫学会了一句克什米尔话，及至学会，却觉得克什米尔人真倔得可爱，真的，这实在是一只"锡克惹"而不是一只boat。所谓"锡克惹"对他们而言包括湖光山色，包括朝露夕岚，包括"心形桨"的拨动，包括欸乃一声，鬓眉皆绿的映照——这一切，怎能靠一个boat道尽？"锡克惹"当然还应该是"锡克惹"。"锡克惹"上可坐可躺，旧的棉布帘虽不够华丽，也自有一种村人风味。及至坐定才发现摇船的刚才似乎也身兼厨房某要职，好在划船对克什米尔人来说等于呼吸，大约不须专业人才。

去看花园，不觉称奇，许多天来看莫卧儿宫殿发现伊斯兰教建筑实在喜欢水，导游每指着枯池说："当年有茉莉花随着水波一路流转呢！"想着当年宫女的软语，想着漂流的花香，真不知是什么岁月，室内的宫殿既然如此，设在野外的克什米尔花园引水成景更是势所必然。想三百年前引寒泉而成柱，大地把泉水给了人类，人类却把泉水喷向青天，这一转手间，真是神奇。

导游、介绍资料和一切克什米尔人都说他们有三个漂亮的"'花'园"，其中最出名的是"耐夏花园"，其实那些花倒也平常，无非是些矮牵牛、一串红和圆仔花罢了，到台北假日花市转一遭，可以找到的花色还多些。莫卧儿花园的花其实完全不是重点之所在，他们得天独厚的地方完全在于那插天的青峰，如此清晰、如此厚重、如此绵亘、如此天生媚骨的群山。其次则是那些水晶帘似的喷泉。整体来说，一畦畦怒生的花田，一波波激涌的花海，只不过是一小堆一小堆的点缀，像大英雄大豪杰的一点点的柔情，是铁马金戈之余的偶而一声低唤或一个温切的眼神，因而特别惹人感激心疼。

看花容易神摇意荡，城的另一边刚好是湖，倒可以澄目清心。

湖上正是落日时分，青烟薄薄地升起，看久了只觉一阵凄迷，也不知道那份湿凉是来自湖上还是来自睫下……

"咦，"有人叫了起来，"你们看那拱桥像不像西湖？"

其实这话说得可笑，大家都年轻，当年谁也没有去过西湖。只是，弯弯的拱桥在水上——水在藻的无限荡漾里—— 藻在天地的苍茫中——苍茫在我们的心里。

那拱桥实在像西湖，为什么会像，真是讲不清，但记录上说玄奘来过，玄奘住过，其间也许有些因缘。只不知当日玄奘到此，是否也感到踌躇，佳山秀水似乎比穷山恶水更令人想家吧？湖里又青盛着一片荷，这里究竟是哪里呢？有人问是风在动呢还是旗在飘呢？智者说："是你的心在动啊！"我想问："是桥在制造故国还是荷在制造故国啊？"智者是否一笑，回答我说："是你的心在制造故国啊！"

有小孩子来兜售四枝莲蓬，只要求两个卢比（一卢比合四块半台币），小孩子啊，卖莲蓬是可以的，可不要把属于玄武湖的乡愁一起卖给我啊！"海外可采莲，莲叶何田田，云戏莲叶东，云戏莲叶西……"暮霭沉沉，遥天无极，山自何时高起？山自高时高起。泉自何时冷起？泉自冷时冷起。至于花自何时含艳？荷自何时焚香？蝶自何时翩翩？桥自何时拱腰？思想起来令人如痴如醉。一枝莲蓬是一枝魔棒吗？为什么牵起那么多中国情绪呢？

回到船屋，青青岸草上，白衣的船屋主人正五体投地，面向红极灿极的西山而祈祷，伊斯兰教教义我虽不懂，只觉对着落日而下跪感恩，敬谢上天所赐下的"一日之岁月"，应是极可理解的常情。

晚上买舟去湖上闲荡，黑暗中四山隐隐在望，满天繁星，橹声如梦，湖上寒意甚浓，我们裹着羊毛毯不敢动，世上的水虽有江海大洋，我却只一意迷恋湖。海太大，大得令人绝望，根本不知要如何去爱它。弱水三千，只饮一瓢吗？却又私下希望那只瓢能大一点深一点。而湖便是那只大勺，清可见底，甘洌可饮。抬头望天，群星烂然中我只识得北斗七星，此星凑巧也叫作"勺子星"。不知这只瓢勺意欲舀些什么，舀些玄思吗？舀些光芒吗？舀亿万年来人类的仰望吗？在星子的天勺与大湖的地勺之间，我们的小舟也许也是一只小勺吧？只舀一小时的湖上良辰。我自己也是一只小勺吧？舀一生或痴或狂的欲情。

翌晨驱车两小时往贡马高原，贡马地高八千九百五十英尺，只差一栋公寓的高度就满九千英尺了，不知它为什么偏偏不肯高上去，大概是受过老子哲学的影响，不愿意持盈保泰强为物先，反而喜欢凡事稍退一步想吧。

去贡马有如读爱情故事，终局固然美妙，过程也够曲折引人。车子走着走着，忽然山坡上泻下一片繁密的小野菊，你正想凝目看小野菊，却又忽见山岩缺口处温润如绿玉的村聚正有情有义地展在脚下，任神仙看了也想下去走一遭。正痴想着，又忽见蜿蜒前路上有着许多蘑菇似的形状，仔细一看是山民顶着大包袱在走路。然后是惊人的大树，大得令人惊呼，可是一声惊叫还不及住口，人家又指给你看更大的整列的喜马拉雅山。人被种种美景惊动到极致之后遂转而不惊了，只觉那喜马拉雅就是该在那里的，山既不骄傲，也不是不骄傲，我不瞬目地看着它，只觉是旧识。一路行来，云里看过，雨里看过，天上看过，地下看过，此刻却特别宽阔而清楚。奇怪的是，坦荡相见的时候并不觉其露，雨雾相隔的时刻也不觉其隐。从小画熟了也念熟了的一带山啊，此刻相对，觉得它是我的——却也同时觉得它是天下人的，觉得它无限大，却也觉得它可以做我的屏风，或我的倚枕，古诗词上不是有"屏山"或"山枕"的字样吗？当我年老，要不要倚一列青枕入梦……

然后，一朵朵小野花又把我的魂叫回来，我仍然是置身车中的观光客。

尼泊尔、克什米尔一带盛产地毯，我好像渐渐了解其原因了：这一带多高山草原，每年春天，雪水初溶，满山满谷一片纷红骇绿，整个大地无一寸不是地毯，叫凡人如何不想模仿？地毯又是用羊毛织的，羊是吃了青草才长出毛来的，想来羊的每一根纤维里都有对那一番万紫千红的记忆，织出来的毯子也正是那段野花芳草的旧因缘啊！

贡马地区养了两千匹马，夏天让观光客绕山看景，冬天积雪二十四英尺，又是滑雪胜地了。上天对克什米尔之厚实在令人惊羡，国内遍植崇山峻岭不说，而且同样一座山，夏天是玉琢，冬日是粉妆。大湖绵延，春天是可以嵌花的软玉，冬天则又是坚实的硬玉，真是左右逢源。

我挑了一匹棕色马，听说它名字叫 Sunny boy，阳光男孩，蛮好的名字，马夫牵着马，一路叫着"补卢蛙——"而前。

"那句话是什么意思？"

"就是'往前走'的意思嘛！"

"马怎么懂呢？"

"从小教当然就懂啦。"他一副克什米尔马自懂克什米尔话的样子。

明知是别人驯好了专供观光客骑的乖马，明知马夫在旁陪着，但一缰在握，从八千九百五十英尺的高原下望人寰，仍然自觉意气

164

雄豪，此生此世，想起一度跨鞍徐行，遥看喜马拉雅，也该心满意足了吧？

·

在克什米尔，买东西也很好玩。曾有一个早晨，我们六点钟出发，去看水上的蔬菜市场，一条一条装满蔬菜的船，或是淡绿的丝瓜，或是浓紫的茄子，或是长长的豆，或是团团的大头菜，那种船比游船更有意思，一艘艘毫无观光色彩，只是平实的生活，但每一船又不自觉地那么美丽，卖的不仅是菜，也是颜色和造型。至于卖花的船则更是簇簇拥拥的数不过来，其中有些船独自侧弯到荷花田里采些荷叶荷花扎成一束来卖，颜色虽不多，众船里却绝不会弄错，因为没有一艘船会比荷花船漂亮，他们扎荷叶的方法倒也奇怪，四枝荷花穿一枝荷叶而过，像是坐标图，四个象限里各有一朵美在坐镇。慕蓉买了两把，大家抢着拿来照相。

除了蔬菜市场，整个大湖全是他们的商场，不到夜晚，绝得不到清净，他们卖皮件，卖弯刀，卖木雕盒子，卖宝石、石头和各种手工艺品，有时令人烦急，因为每条观光客的船总会被三五条船夹起来盯梢，当然，有时候放宽了心，把它当成观光的必要遭遇倒也罢了，其中如南华倒也买了一条很出色的不丹的钱穿成的项链，我自己花二十美元买了一件皮背心。当时卖主指索我的毛衣外套，我一听大喜，这件老毛衣我久欲摆脱它，却因款式老颜色暗而不好意思出手送人。要丢嘛，它又偏偏一点也没坏，连扣子也不肯掉一粒，只好自己拖拖拉拉地穿着，事实上我还带过丈夫小孩的衣服一路送人，此刻这件衣服居然可以搭配着算是"以物易物"，实在好玩。成交时刚好到岸，两边都很高兴，他说了一句："这件衣服，我要带去给我妈妈穿。"我一听，又不免心痴意醉起来，春秋薄凉的日子，早晚露冷的时辰，会有一位陌生的克什米尔老太太，穿着那件藏蓝色的老毛衣，想世人之间的因缘。物我之间的聚散是如此曲折，那毛衣我平日虽不太喜欢，此刻却也有点徘徊留恋的意味，"以物易物"真是好，家里每样东西都像章回小说，其来处有所承袭，其去处可作下回分解——

•
○

克什米尔到处种着一种叫"迁那惹"的树，树身细长，不是龙柏或枞树那种塔形的细长，而是上下一般细长。叶子也不呈针状，而是一片规规矩矩正常的叶子。听说这树是来自波斯伊朗，是居民移植过来的，而且据说长得比原产地更高大青盛，那树看来沉稳安静，似乎在说："让我把脚踮高一点，容许我再高一点，让我多握一把阳光。"它就在那样的渴望中不知不觉地长高了。

克什米尔到底有什么好？不过是个有山有水有花有鸟有朝阳有落日的地方罢了，不过是小船载着直莽的歌声行在荇藻之间的地方罢了，不过是夏来有荷花秋来有莲蓬以及草场上有羊群，市场上有羊毛披肩的所在罢了……只是我们到底迷上了它的什么？我们为什么对着一个破衫的小女孩也会着迷，我们为什么要求舟子一遍一遍带我们放槎于深夜的湖上，我们为什么一直恳求旅行社的人问他们有没有两天以后的飞机好让我们再多迁延徘徊一下？

　　想当年伊斯兰教帝王中的一世之雄阿克巴大帝，生平武不可当，仁而无敌，唯一能征服他的，竟是克什米尔的山水。那些花园就是他迷上这些山水以后建造的，聪明如阿克巴大帝，恐怕当年早就看出，自己的那些花园，不管如何花团锦簇，终是棋输一着。阿克巴——这印度伊斯兰教帝国的汉武帝，在他临终闭目之际，被询以"你还有什么希求"（奇怪，为什么要这样问呢？倒像问临刑的犯人，也许临终和临刑的确很难分吧！），他在卧榻上喃喃然说："克什米尔，只有克什米尔……"

　　而阿克巴大帝的孙子，深情的沙杰汗——也就是为亡妻筑泰姬玛哈陵的那一位，也在初见克什米尔的时候惊道："如果地上真有乐园，那……就是这里了，就是这里了……"

　　而我，同样承认克什米尔的美丽，同样沉迷于山高水清的嵚崎，烟笼月抱的幽凄，但心态上却又偏偏不肯像那些帝王那样毫无考虑地把最初的震撼和最后的柔情一并给了克什米尔。我的心是有所系念的船，任江洋漂泊，回过头来恋栈难舍的仍是那一段短短的系舟的木橛。

好好地美丽下去吧！克什米尔。美给高僧如玄奘看，美给豪杰如阿克巴大帝看，美给过客如我看，更美给万千在这块土地上生活着的人看。让船屋夜夜泊在湖边，仿佛即将启程往梦中航去，让蔬菜船朝朝在荷香中周流，你这世上最漂亮的菜摊啊！让东山西山负责地铺陈朝阳和落日，让达尔湖常执行其"澄澈任务"，如某个诗人所说让"鸟在水底飞，鱼在云上游……"。愿高原年年将自己密织为"散香的地毯"，也愿地毯作坊里四时编结暖和而不凋的鲜花，愿寒泉喷激处，游客以"无愿"为祝愿。至于那些翠羽的鸟，不管你们的翠羽是自山提炼出来的自水提炼出来的或是自天空提炼出来的，愿你们出入山水上下水天之际，做一切绿色族类互通音问的信使。

而我，克什米尔，我不能给你以少年的激情，我不能给你以临终之际的祈祷，我给你的只是一个旅人的魂牵梦绕，只是一个过客的驻足叹息。但这样，不也够了吗？在你山迭水复的大卷轴里，请仔细检视，不是还有我——这千古以来不知第几个观画人悄悄按下的一枚鉴赏章吗？小小的一寸鲜艳的朱砂红，深情而多事地一按，恰恰好是一颗心的原印鉴啊！

此刻
从我们来
是时光的示爱

三峡　坐看云起

‥。

# 江河

∴
○

## 一、一个叫穆伦·席连勃的蒙古女孩

　　猛地，她抽出一幅油画，摆在我眼前。

　　"这一幅是我的自画像，我一直没有画完，我有点不敢画下去的感觉，因为我画了一半，才忽然发现画得好像我外婆……"而外婆在一张照片里，照片在玻璃框子里，外婆已经死了十三年了，这女子，何竟在画自画像的时候画出了记忆中的外婆呢？其间有什么神秘的讯息呢？

　　外婆的全名是宝尔吉特光濂公主，一个能骑能射枪法精准的旧王族，属于吐默特部落，成吉思汗的嫡系子孙。她老跟小孙女说起一条河（多像"根"的故事），河的名字叫"西喇木伦"，后来小女孩才搞清楚，外婆之所以一直说着那条河，是因为：一个女子的

172

生命无非就是如此，或未嫁，在河的这一边，或既嫁，在河的那一边。

小女孩长大了，不会射、不会骑，却有一双和开弓射箭等力的手——她画画。在另一幅已完成的自画像里，背景竟是一条大河，一条她从来没有去过的故乡的河，"西喇木伦"，一个人怎能画她没有见过的河呢？这蒙古女子必然在自己的血脉中听见河水的淙淙，在自己的黑发中隐见河川的流泻，她必然是见过"西喇木伦"的一个。

事实上，她的名字就是"大江河"的意思，她的蒙古全名是穆伦·席连勃，但是，我们却习惯叫她席慕蓉，慕蓉是穆伦的译音。

而在半生的浪迹之后，在国内由四川而香港而台湾，然后至国外的比利时，而终于在石门乡村置下一幢独门独院，并在庭中养着羊齿植物和荷花的画室里，她一坐下来画自己的时候，竟仍然不经意地几乎画成外婆，画成塞上弯弓而射的宝尔吉特光濂公主，其间，涌动的是一种怎样的情感呢？

## 二、好大好大的蓝花

两岁，住在重庆，那地方有个好听的名字，叫金刚坡，自己的头特别大，老是走不稳，却又爱走，所以总是跌跤，但因长得圆滚倒也没受伤。她常常从山坡上滚下去，家人找不到她的时候就不免要到附近草丛里拨拨看。但这种跌跤对小女孩来说，差不多是一种诡秘的神奇经验——有时候她跌进一片森林，也许不是森林只是灌木丛，但对小女孩来说却是森林；有时她跌跌撞撞滚到池边，静静的池塘边一个人也没有，她发现了一种"好大好大蓝色的花"，她说给家人听，大家都笑笑，不予相信，那秘密因此封缄了十几年。直到她上了师大，有一次到阳明山写生，忽然在池边又看到那种花，像重逢了前世的友人，她急忙跑去问林玉山教授，教授回答说是"鸢尾花"，可是就在那一刹那，一个持续了十几年的幻象忽然消灭了。那种花从梦里走到现实里来。它从此只是一个有名有姓有谱可查的规规矩矩的花，而不再是小女孩记忆里好大好大几乎仰视才能去看的蓝花了。

一个小孩如何能在一个普普通通的池塘边窥见一朵花的天机，其间有什么神秘的召唤？三十九年过去，她仍然惶惶不安地走过今春的白茶花，美，一直对她有一种蛊惑力。

如果说，那种被蛊惑的遗传特质早就潜伏在她母亲身上，也是对的。一九四九，世难如涨潮，她仓促走避，财物中她撇下了家传宗教中的重要财物"舍利子"，却把新做不久的大窗帘带着，那窗帘据席慕蓉回忆起来，十分美丽，初到台湾，母亲把它张挂起来，小女孩每次睡觉都眷眷不舍地盯着看，也许窗帘是比舍利子更为宗教更为庄严的，如果它那玫瑰图案的花边，能令一个小孩久久感动的话。

## 三、他们喜欢我们仍然留在蒙古包里

作为一个蒙古人在汉人世界里生存，似乎是相当难熬的。

"蒙古人一生只洗三次澡，出生一次，结婚一次，死的时候再一次。"

那句话是地理老师说的，地理老师刚好是级任老师，她那样说既非由于她去过蒙古，也不是从书上看来的，而是听她的老师说的。而她的老师又从何得知？真是天知道。

她从此不理这个老师。老师一直很奇怪，这小女孩扭错了什么筋，她不知道自己伤害那小女孩有多深。

过了许多年，席慕蓉才发现妹妹曾经经历过和她同样的痛苦，她当时的反应更强烈，她竟站起来和老师对吵！也许这就是席慕蓉。她有她的敏锐和痛苦，但她总是暗自饮吞，不惯于爆炸，但她也有她的原则，她从此再也不理会那个老师了（只是，她这样好脾气，有时几乎到了使人误以为她没有才气的程度）。

每次，在书上，看到有蒙古的照片，她总急着去翻，但奇怪的是，在所有看过的中文书里，她只看过蒙古包。而蒙古人当年既然

有文字，当然就有文化，怎么可能只围裹在几座蒙古包里？直到后来，她看到一本法文资料，才发现乌兰巴托大城原来建造得那样高大美丽。为什么每当汉人作纸上神游的时候，他们总喜欢把蒙古人放在"观光保留区"里？包括教科书在内。汉人大概习惯于让蒙古人永远住在蒙古包里，人和人之间为什么如此吝惜于了解呢？她感到气愤，如果以洗澡为例，住在台湾的小孩凭什么讥笑住在蒙古的小孩很少洗澡？零下四十摄氏度是什么滋味？是可以"冲凉"的环境吗？

这种气愤等一旦身在国外又糊里糊涂地扩大了，每次，当外国人形容中国的时候，她总忍不住勃然大怒起来，气别人一直企图把我们留在小脚女人、辫子男人的形象里。而猛然一回顾，她才知道自己是一个中国人，为中国而生气的中国人。

## 四、十四岁的画架

别人提到她总喜欢说她出身于师大艺术系，以及后来的比利时布鲁塞尔的皇家艺术学院，但她自己总不服气，她总记得自己十四岁，背着新画袋和画架，第一次离家，到台北师范的艺术科去读书的那一段。学校原来是为训练小学师资而设的，课程安排当然不能全是画画，可是她把一切的休息和假期全用来作画了，硬把学校画成"艺术中学"。

一年级，暑假还没到，天却白热起来，别人都乖乖地在校区里画；她却离开同学，一个人走到学校后面去，当时的和平东路是一片田野，她怔怔地望着小河兀自出神。正午，阳光是透明的，河水是透明的，一些奇异的倒影在光和水的双重晃动下如水草一般生长着。一切是如此喧哗，一切又是如此安静。她忘我地画着，只觉自己和阳光已浑然为一，她甚至不觉得热，直到黄昏回到宿舍，才猛然发现，短袖衬衫已把胳臂明显地划分成棕红和白色两部分。奇怪的是，她一点都没感到风吹日晒，唯一的解释大概就是那天下午她自己也变成太阳族了。

"啊！我好喜欢那时候的自己，如果我一直都那么拼命，我应该不是现在的我！"

大四，国画大师溥心畬来上课，那是他的最后一年，课程尚未结束，他已撒手而去。他是一个古怪的老师，到师大来上课，从来不肯上楼，学校只好将就他，把学生从三楼搬到楼下来，他上课一面吃花生糖，一面问："有谁作了诗了？有谁填了词了？"他可以跟别人谈五代官制，可以跟别人谈四书五经谈诗词，偏偏就是不肯谈画。

每次他问到诗词的时候，同学就把席慕蓉推出来，班上只有她对诗词有兴趣。溥老师因此对她很另眼相看。当然也许还有另外一个理由，他们同属于"少数民族"，同样具有溥老师的那方小印上刻的"旧王孙"的身份。有一天，溥老师心血来潮，当堂写了一个"璞"字送给席慕蓉，不料有个男同学斜冲出来一把就抢跑了——当然，即使是学生，当时大家也都知道溥老师的字是"有价的"——溥老师和席慕蓉当时都吓了一跳，两人彼此无言地相望了一眼，什么话也没说。老师的那一眼似乎在说："奇怪，我是写给你的，你不去抢回来吗？"但她回答的眼神却是："老师，谢谢你用这么好的一个字来形容我，你所给我的，我已经收到了，你给我，那就是我的，此生此世我会感激，我不必去跟别人抢那幅字了……"

隔着十几年，师生间那一望之际的千言万语仍然点滴在心。

## 五、当别人指着一株祖父时期的樱桃树

在欧洲，被乡愁折磨，这才发现自己魂思梦想的不是故乡的千里大漠而是故宅北投，北投的长春路，记忆里只有绿，绿得不能再绿的绿，万般的绿上有一朵小小的白云。想着、想着，思绪就凝缩为一幅油画。乍看那样的画会吓一跳，觉得那正是陶渊明的"停云，思亲友也"的"图解"，又觉得李白的"浮云游子意"似乎是这幅画的脚注。但当然，最好你不要去问她，你问她，她会谦虚地否认，

说自己是一个没有学问没有理论的画者,说她自己也不知道为什么就这样直觉地画了出来。

那阵子,法国与台湾"断交",她放弃了向往已久的巴黎,另外申请到两个奖学金,一个是到日内瓦读美术史,一个是到比利时攻油画,她选择了后者,她说,她还是比较喜欢画画——当然,凡是有能力把自己变成美术史的人应该不必去读由别人绘画生命所累积成的美术史。

有一天,一个欧洲男孩把自家的一棵樱桃树指给她看:

"你看到吗?有一根枝子特别弯,你知道树枝怎么会弯的?是我爸爸坐的呀!我爸爸小时候偷摘樱桃被祖父发现了,祖父罚他,叫他坐在树枝上,树枝就给他压弯了,到现在都是弯的!"

说故事的人其实只不过想说一段轻松的往事,听的人却别有心肠地伤痛起来,她甚至忿忿然生了气。凭什么?凭什么?一个欧洲人可以在平静的阳光下看一株活过三代的树,而作为一个中国人却被连根拔起,秦时明月汉时关,竟不再是我们可以悠然回顾的风景!

那愤怒持续了很久,但回台湾以后却在一念之间涣然冰释了,也许我们不能拥有祖父的樱桃树,但植物园里年年盛夏如果都有我们的履痕,不也同样是一段世缘吗?她从来不能忘记玄武湖,但她终于学会珍惜石门乡居的翠情绿意以及六月里台北南海路上的荷香。

## 六、剽悍

"那时候也不晓得怎么有那么大的勇气，自己抱着五十幅油画赶火车到欧洲各城里去展览。不是整幅画带走，整幅画太大，需要雇货车来载，穷学生哪有这笔钱？我只好把木框拆下来，编好号，绑成一大扎，交火车托运。画布呢？我就自己抱着，到了会场，我再把条子钉成框子，有些男生可怜我一个女孩子没力气，想帮我钉我还不肯，一径大叫：'不行，不行，你们弄不清楚，你们会把我的东西搞乱的！'"

在欧洲，她结了婚，怀了孩子，赢得了初步的名声和好评，然而，她决定回来，把孩子生在自己的土地上。

知道她离开欧洲跑回中国台湾来，大家觉得惊奇。其中有位亲戚回台湾小住，两人重逢，那亲戚不再说话，只说："咦，你在台湾也过得不错嘛！"

"作为一个艺术家当然还是生活在自己的土地上好。"她说这句话的时候人在车里，车在台北石门之间的高速公路上，她手握方向盘，眼睛直朝前看而不略做回顾。

"她开车真'剽悍'，像蒙古人骑马！"有一个叫孙春华的女孩子曾这样说她。

剽悍就剽悍吧！在自己的土地上，好车好路，为什么不能在合法的矩度下意气风发一点呢?

## 七、跟荷花一起开画展

"你的画很笨，"廖老师这样分析她，"你分明是科班出身（从十四岁就在苦学了），你应该比别人更容易受某些前辈的影响，可是，你却拒绝所有的影响，维持了你自己！"

廖老师说的对，她成功地维持了她自己，但这不意味着她不喜欢前辈画家，相反，正是因为每一宗每一派都喜欢，所以可以不至于太迷恋太沉溺于某一家。如果要说起她真的比较喜欢的画，应该就是德国丢勒的铜版画了。她自己的线条画也倾向于这种风格，古典的、柔挺的却又根根清晰分明似乎要——"负起责任"来的线条，让人觉得仿佛是从慎重的经籍里走出来的插页。

"我六月里在历史博物馆开画展,刚刚好,那时候荷花也开了。"

听不出她的口气是在期待荷花，抑或是画展？在荷花开画展的时候开画展，大概算是一种别致的联展吧！

画展里最重要的画是一系列镜子，像荷花拔出水面，镜中也——绽放着华年。

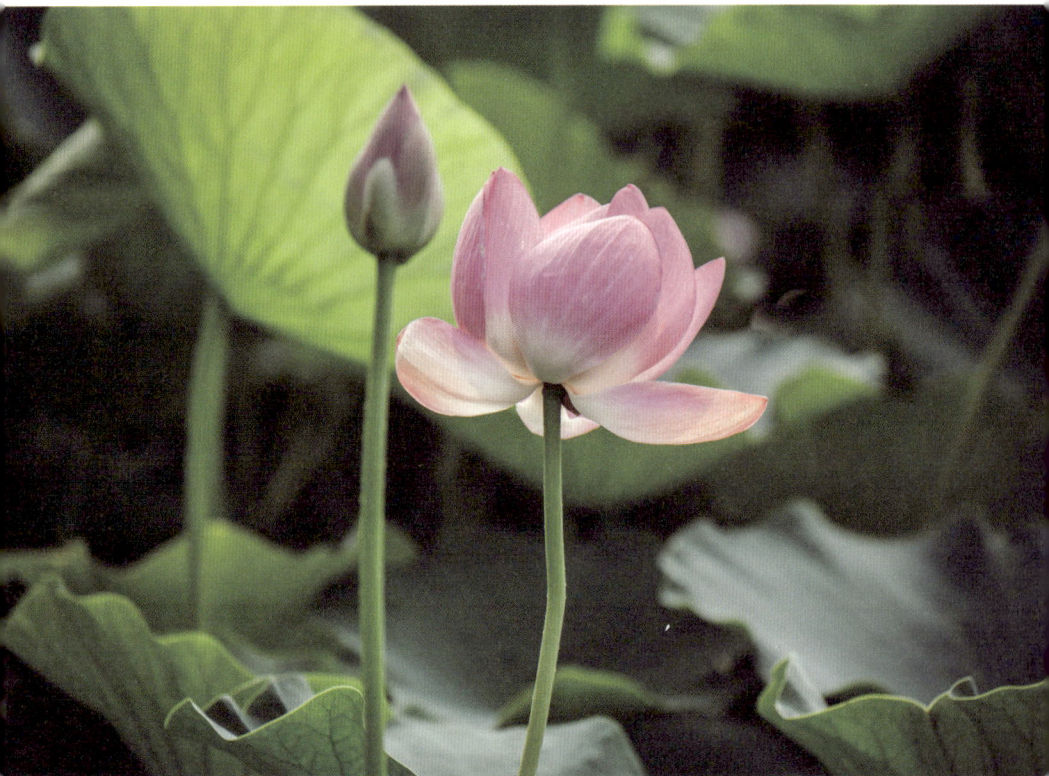

## 八、千镜如千湖，千湖各有其鉴照

"这面镜子我留下来很久了，因为是母亲的，只是也不觉得太特别，直到母亲从国外回来，说了一句：'这是我结婚的时候人家送的呀！'我才吓了一跳，母亲十九岁结婚，这镜子经历了多少岁月了？"她对着镜子着迷起来。

"所谓古董，大概就是这么回事吧，大概背后有一个细心的女人，很固执地一直爱惜它，爱惜它，后来就变成古董了。"

那面小梳妆镜暂时并没有变成古董，却幻成为一面又一面的画布，像古神话里的法镜，青春和生命的密钥都其中。站在画室中一时只觉千镜是千湖，千湖各有其鉴照。

"奇怪，你画的镜子怎么全是这样椭圆的、古典的，你有没有想过画一长排镜子，又大又方又冷又亮，舞蹈家的影子很不真实地浮在里面，或者三角组合的穿衣镜，有着'花面交相映'的重复。"

"不，我不想画那种。"

"如果画古铜镜呢？那种有许多雕纹而且照起人来模模糊糊的那一种。"

"那倒可以考虑。"

"习惯上，人家都把画家当作一种空间艺术的经营人，可是看你的画读你的诗，觉得你急于抓住的却是时间——你怎么会那样迷上时间的呢？你画镜子、你画荷花、你画欧洲婚礼上一束白白香香的小苍兰，你画雨后的彩虹（虽说是为小孩画的），你好像有点着急，你怕那些东西消失了，你要画下的写下的其实是时间。"

"啊，"她显然没有分辨的意思，"我画镜子，也许因为它象征青春，如果年华能倒流，如果一切能再来一次，我一定把每件事都记得，而不要忘记……

"我仍然记得十九岁那年，站在北投家中的院子里，背后是高大的大屯山，脚下是新长出来的小绿草，我心里疼惜得不得了，我几乎要叫出来：'不要忘记！不要忘记！'我是在跟谁说话？我知道我是跟日后的'我'说话，我要日后的我不要忘记这一霎！"

于是，另一个十九年过去，魔术似的，她真的没有忘记十九年前那一霎时的景象。让人觉得一个凡人那样哀婉无奈的美丽祝告恐怕是连天地神明都要不忍的。人类是如此有限的一种生物，人类活得如此粗疏懒慢，独有一个女子渴望记住每一瞬间的美丽，那么，神明想，成全她吧！

连她的诗也是一样，像《悲歌》里：

今生将不再见你
只为　再见的
已不是你

心中的你已永不再现
再现的　只是些沧桑的
日月和流年

《青春》里：

遂翻开那发黄的扉页
命运将它装订得极为拙劣
含着泪　我一读再读
却不得不承认
青春是一本太仓促的书

而在《时光的河流》里：

啊　我至爱的　此刻
从我们床前流过的
是时光的河吗

"我真是一个舍不得忘记的人……"她说。

（诚如她在《艺术品》那首诗中说的：是一件不朽的记忆，一件不肯让它消逝的努力，一件想挽回什么的欲望。）

"什么时候开始写诗的？"

"初中，从我停止偷抄我二姊的作文去交作业的时候，我就只好自己写了。"


# 九、牧歌


记得初见她的诗和画，本能地有点趑趄犹疑，因为一时决定不了要不要去喜欢。因为她提供的东西太美，美得太纯洁了一点，使身为现代人的我们有点不敢置信。通常，在我们不幸的经验里，太美的东西如果不是虚假就是泛滥，但仅仅经过一小段的挣扎，我开始喜欢她诗文中独特的那种清丽。

在古老的时代，诗人"总选集"的最后一部分，照例排上僧道和妇女的作品，因为这些人向来是"敬陪末座"的。席慕蓉的诗龄甚短（虽然她已在日记本上写了半辈子），你如果把她看作敬陪末座的诗人也无不可，但谁能为一束七里香的小花定名次呢？定自有它的色泽和形状。席慕蓉的诗是流丽的、声韵天生的，溯其流而上，你也许会在大路的尽头看到一个蒙古女子手执马头琴，正在为你唱那浅白晓畅的牧歌。你感动，只因你的血中多少也掺和着"径万里兮度沙漠”的塞上豪情吧！

　　她的诗又每多自宋诗以来对人生的洞彻，例如：

离别后

乡愁是一棵没有年轮的树

永不老去

《乡愁》

　　又如：


爱　原来是没有名字的

在相遇前　等待就是它的名字

《爱的名字》


　　或如：


溪水急着要流向海洋

浪潮却渴望重回土地

《七里香》


　　像这样的诗——或说这样的牧歌——应该不是留给人去研究或

者反复笺注的。它只是，仅仅只是，留给我们去喜悦去感动的。

　　不要以前辈诗人的"重量级标准"去预期她，余光中的磅礴激健、洛夫的邃密孤峭、杨牧的雅洁深秀、郑愁予的潇洒妩媚，乃至于管管的俏皮生鲜都不是她所能及的。但她是她自己，和她的名字一样，一条适意而流的江河，你看到它的满满的洋溢到岸上来的波光，听到它滂沛的旋律，你可以把它看成一条"一目了然的河"，你可以没于其中，泅于其中并鉴照于其中——至于那河有多深沉或多惆怅，那是那条河自己的事情，那条叫西喇木伦的河自己的事情。

　　而我们，让我们坐下来，纵容一下疲倦的自己，让自己听一首从风中传来的牧歌吧！

# 一个东西南北人

.
.
.
。

老天竟会生出管管这样的人来，不能不算一件奇事！此人后来又娶了一位奇女子，两人一同写奇文，以供天下人欣赏，不得不谓奇中奇。

管管虽姓管，据我看，生平大概没被什么人管过。天不管，地不管，一场天维崩、地柱折，隔海的父母自是管不了他。目前退了役，没有上司管，再加上妻子娇纵，谁人管他？

搞不懂管管这人的，恐怕不只我，想来也包括他自己吧！管管这人麻烦在于难为他定名。说他是诗人，他偏写散文，而且"捞过界"，写得比散文家还好，气得人无可奈何。可是，你正待叫他一声散文家，他却又跑去电影里演起老禅师来了。你真当他老禅师吗？他又世俗得很，趴在地上以供儿子当马骑，而且吃喝享受，很有道行地看女孩子哩！你料他是狂徒吗？人家却正正经经地守过金门呢！你真想叫他军人吗？他又退了役，穿一领月白色对襟盘扣唐装，打一柄油伞去逛画展。你想叫他画家吗？他却拉起嗓子唱苍凉凄紧的铁板快书了，你想急急地赶过去，听听他唱什么吗？嘿，他早已"曲终人不见，江上数峰青"啦……

也许他的妻子说的对：

"他的童年比一般人都长——长到十九岁。"

但照我看，广义一点说，他的童年似乎更长，长到现在。

明末清初的才人张岱，曾在《自为墓志铭》里这样描绘自己：

"自且不解，安望人解？故称之以富贵人可，称之以贫贱人亦可；称之以智慧人可，称之以愚蠢人亦可；称之以强项人可，称之以柔弱人亦可；称之以卞急人可，称之以懒散人亦可。学书不成，学剑不成，学节义不成，学文章不成，学仙学佛、学农学圃俱不成，任世人呼之为败子，为废物，为顽民，为钝秀才，为瞌睡汉，为死老魅也已矣。"

而管管比张岱好，因为张岱一直有一种没落的、凄楚的、衰世的意味。管管却打落门牙和血吞，练就了一副好汉心态，家是要想的，土是要念的，泪，也是要流的，但日子终究也是得过的！和张岱比，管管是盛世之音。

这样的管管，会有以下种种事，也就不足为奇：

他唱"平贵别窑"，要比别人多加三个字道白："三姐啊！"

此声一出，真是变徵之音，一座为之黯然。本来嘛，千里行军，临别焉有不叫一声妻子的道理，梨园师傅不懂的，管管却懂。

过年，别人贴对联，他贴诗，写在斗"方"上——大概避免人家说是"歪"诗吧：

山边砖墙青瓦屋
一株石榴是吾家
一家四口一只狗
满床诗书满地花

他写起诗来，不写"我"，专为"吾"，害得后生小子一个个也"吾"辈起来，他说：

"当然'吾'字好，'吾'字每一笔都是平平正正的，'我'字就没有这么好。"

他自幼因为是独子，穿的是"百家衣"（向各家讨布来拼凑成衣，取吉祥福佑之意），吃的是"千家饭"，我看他写作也是如此，刘国松尝改写古人一联自戏谓：

几张古今中外书，
一个东西南北人。

我看如果改成：

几本古今中外书，
一个东西南北人。

倒是可以送管管的。

管管且又有"帮妻运"，把个朱陵娶到手，弄得她又会生儿又会养女，又会插花又会烧菜，而且一手写小说，一手写诗，连人也长得比从前娇丽了。

甚至有位女作家竟然说："山东话好像有很多种，管管说的那种跟别人不一样，比别人的好听，没那么侉。"

他的文学的声音的确比别人好听，他看到月亮，竟会说：

"请坐，月亮请坐。"

于是月亮就乖乖地坐在他对面。

他看到春天，竟会说：

"春天坐着花轿来！"

春天本来想坐巴士沿高速公路来的，经他一说，也就退了票，重新跨进轿子，一路吹吹打打很古典地来了。

他喜欢酒、喜欢辣椒大蒜、喜欢蟋蟀、喜欢松树、喜欢松鼠、喜欢在枪上插一撮野百合或水姜花……

他在一篇散文里如此写着：

"这些老松也不知是何年何月栽的，反正是够老的了。吾们绝不是闲极无聊来找松树们的麻烦，吾们爱坐在他们的绿盖下看海潮，看奇莱山上的雪和云，看夜景。吾们也爱着老松们那一身皱皱地起了龙鳞的皮肤，还有寄生在他们身上的植物。我们也爱在他们绿盖下睡上一觉，闭着眼闻那一阵阵松香味，和听松涛声。有时我们就劈下一块枯松枝点着走回家，也带一些松枝回家点，温温古人点松枝读书的苦味。

秋天到了，我们就去采松果，拿回家晒，晒出松仁来，装在酒里，古人说吃松苓酒可以长生不老，吾们也想长生不老玩玩。"

我忽然有些搞懂了，管管是个"大玩家"，玩天地、玩岁月、玩美。像马戏班里的人抛环子，手上虽只有三五个圆，但因玩得溜溜转，竟让你误以为有千百个，煞是好看，叫人怎能不屏息凝神、开心万分地伫足以观呢？

对于这天不管地不收的老孩子，这非儒非圣非仙非妖却又亦人亦怪、亦正亦邪、亦柔亦霸的管管，你能把他如何呢？也只能希望他喝了松苓酒，从此果真长生不老，上纵青云，下梯四海，像石头里蹦出来的那位美猴王，在悬岩绝壁之处采得百花合上百果，以谷为坛，以云为曲，酿些酽酽的美酒，来供我们这些循规蹈矩的凡人醺醉一番吧！

——写在 1981 年的好春天，读了管管的《春天坐着花轿来》之后

秋芒草覆着大地，
大地覆着种子，
这是一个处处关情的世界

四帙　也是心事

· ·
。

# 花，惊叹号

## ——序《花之笔记》

·
·
。

我一直这样相信：

如果有一天，人类的愚蠢带来了灾劫，如果大劫之后只剩下一男一女，而如果那女人从劫灰中挣扎爬出，她会去做什么？

她会削木为梳，以一条小溪为明镜，重新辨认自己的容颜。她会惊讶地摘下一朵溪畔新开的小黄花（那天真混沌，不知这世界已经天翻地覆而糊糊涂涂一径兴高采烈开着的小黄花），她在水中俯视自己簪花的黑鬓……

然后，她在水中看到那男孩的倒影，唯一劫余的男子……

人类的故事乃再告开始。

我到滑铁卢去，夏日的蓝天下，麦田弥望，一座万人冢像小山似的坟起。我不见拿破仑，不见惠灵顿，不见人世间的输家与赢家，只见永恒的小野花在蔓草中东一堆西一堆地翻涌。

·
○

　　花之于我，始终是一项奥秘、一项意外，花是我们这星球上的惊叹号！

·
○

　　一年四季，当各种番号各种编制的花站出来让上帝点名校阅的时候，让我们也偷偷夹道引颈，欢呼致意吧！

# 寄隐地

## ——兼谈《亲亲》选集

．
．
。

隐地：

是那一年吗？多少年了？十四年了？我们九个人的名字一起出现在报纸上，大家都才二十出头，广告上说：

"九个青青的名字。"

我们的第一本书出来了！我们的放大照片挂在出版社墙上——那一年，好遥远的事了。

转眼青青的名字已不复青青。你，一个成功的出版家。我，一个在两块木板间站了十几年的教师（背后一块直立的黑板，面前一张平面的讲台）。青青秧苗的颜色也许幼嫩沁人，但我们只关心自己是否抽了芽结了穗。

让别人去青青吧！让别人去做年轻的飞扬吧！三十岁以后我们

关心的是把自己蔚为浓浓稠稠的绿荫。

　　而十四年后的一个晚上，你坐在我家的客厅里。深夜，岁暮，送走你后，我兀自好笑起来。嘿，嘿。要我编一本"亲情伦理"的书，我忽然自嘲地想，这简直是军训教官、公民老师或是训导主任才干的事嘛，怎么落到我头上来了！唉，这件事一定够婆婆妈妈的，算了，算了，十几年的朋友，这件事别搞砸了，这本书真不知怎么了结，只好走着瞧了……

　　好在我心里已经藏着几篇好文章，运气好的话，说不定会碰上另外几篇。

　　于是，我开始上天下地地翻找、搜寻起来。琦君的书放在书架倒数第二格，蹲下去翻吧。三毛的书被小孩子拿去了，一定要去偷回来。赵宁的呢？啊！我不能打电话问他同意不同意。我既怕自己会哭出来，也怕他会哭出来，他是不幸刚失怙的人，还是写封信去吧。王洪钧先生会不会同意？我有时简直忘记那么大号的人物，原来小时候也是有妈妈的。杏林子呢？她的妈妈简直是超人，"久病床前有慈母"，而且，无论什么时候你看到她，她总是从从容容、欢欢喜喜、爽爽利利的，她像大地，又沉又稳，有托住万物的雄拔潜力。再怎么麻烦，也非要杏林子的稿子不可。还有，赵云，在南部的阳光里，安恬地守着孩子、丈夫和一屋子画的赵云，要不要去提起，尤其她的母亲还陷在越南，生死不明……

我在书架上找那些文章，我在剪报里找那些文章，我在杂志里重拾那些令人泪下的片段，我在电话里不断地问别人，记不记得什么令人难忘的、描述亲情的好文章。于是，忽然之间，我的桌子上、椅子上、架子上、脑子里堆满了这一类的文章。有的作者学历是堂堂博士，有的学历是小学生，有的曾经叱咤风云，有的却是一介小民，但是一旦触及这最原始、最质朴的情感，没想到，原来彼此竟是这样地相似。

我一向并不承认"天下无不是的父母"那句话，任何人如果不追求自我人格的完整成熟，单靠"做父母"是无法使自己完美的，我更不愿闭上眼睛，骗人说：伦理、亲情是无处不在的。我必须承认这世界上有无数可怕的破碎家庭，带给子女难以补缀的伤痛。但是，至少，让我们这样告诉年轻人：

如果你曾被家人所爱，你已了解那份美好，把你所承受的爱分给别人！

如果家人不曾爱你，你懂得那份辛酸，那么，更试着去爱那些不曾被爱过而无限辛酸的人吧！

在整个编选的过程里，我常常不知不觉走入别人心灵最深、最柔的地方，我看到一份一份最赤裸、最没掩饰的感情，这样的经历对我而言是神圣的。

我不知道读者会怎么看这本书。一本传记文学的示范？一串名人思亲录？一本不错的散文集？不，我愿他们看到更多，我愿他们在此间看到"情"，人间的至情。

年轻的时候，我们读过圣贤的句子——"大道之行也……人不独亲其亲……"大同世界，在我们有生之年，能不能看到？我不知道。但是，无论如何，让我们至少先学会"亲其亲"吧！我打算给这本集子命名为"亲亲"。

谢谢你托给我的这份任务，使我这段日子有如春日的旅人，行在目不暇接的两岸繁花间。所看见的岂止是表面的殷红盛绿，满眼所及是无处不温柔的春水，无处不和煦的春阳，以及无处不骀荡的春风。

赵云的信回来了，她说：透过国际红十字会，她把母亲从越南接来奉养了。乱世里，船民的命如草芥，多少人的父母子女死在冷冷的波涛下，我忍不住滴下泪来，该是为赵云喜呢，还是为万千鲨吻与礁石间的生民悲呢？

在这块温暖而富生机的土地上，让我们这些平凡人各亲其亲，各子其子。这样，或者也可算是对那些身在劫数中不能亲其亲的人类手足的一种同情吧！

隐地，那个晚上，送走你，我以为我只是答应为出版社做一本选集，但做着做着，我知道我不是为你——十四年前一起出第一本书的写作伙伴做的，更不是为出版社做的，我只是将天下人的心，捧给天下人看就是了。

原来天下人子有着如此相近的一颗心。

春深了，让我们不但将文章付梓，也能将一片心迹同时交付。

晓风　一九八〇年三月

# 关情

——序《有情人》

·
·
。

　　我最喜欢又最害怕的秋芒草，终于又把研究室外抬眼所及的地方厚厚地覆满了。楼廊之外是大台北的千门万户，更远的地方是环抱的远山，山外是一路行去越行越温暖的南台湾。我独自坐着，看这本书的末校样稿。看着，看着，就开始分不清眼前的江山和眼底的文采了，两者都是如此含情凝睇，欲有所言。一年，就这样过去了。

　　这一年——你称它为一九八〇也好，称它为庚申年也好，称它为昭和五十五年，檀君建国四千三百年也好，或回历一三四一年都好，对我而言，它是有情世界中的一段有情岁月。

　　在这一年里，我扮演了编者——我一向认为是作者大敌的一种人物，一口气竟编了《亲亲》《蜜蜜》《有情天地》《有情人》四本散文集，内容分别是"亲情""爱情""物情""关情"四种性质，合起来是一套"有情世界"丛书。

∴

旧式的北方馆子里，大嗓门的跑堂忙着穿里奔外，骤然间，他俯身向一桌新走进来的饥饿的客人：

"您哪——来个糟溜鱼片吧，是咱们大师傅的拿手哪。酱羊肉要不要切盘试试，客人都夸这道菜呢！还有，我们最近新上市的干炸对虾也别有风味。您喝不喝酒？喝酒的话，酱肘子和凉拌三丝都很不错——不喝酒的呢，那您尝尝我们师傅做家常饼的手艺，嗬！别家吃不到的！"

而当客人酒醉饭饱之后他送客人到门口，卑微地搓着手，用肩上的手巾擦汗，笑容里有些欲融化的东西：

"菜可口吧？我们师傅的手艺，那可没的说的！炸元宵是厨房里的敬菜，不用算账啦，您下次光顾的时候，早点来个电话吩咐一声，我给您选个特别肥的鸭子上架，您一到就吃，不耽搁时间——"

∴

每看到那种人物，我总是危坐动容，他那样一心一意地以大师傅的手艺为荣，简直把自己弄成了狂热的传教士。

而在这一年中，我愈来愈发现自己就是那个跑堂，骄傲、兴奋而又狂热。一切作品的荣誉属于作品，但身为编者，在介绍菜、上菜、站在一旁看人吃菜之余，总要免不了神采飞扬，与有荣焉地插嘴：

"我说得不错吧，您是行家，您瞧瞧这瓦块鱼做得有多地道！"

。
。

就这样忙碌着、吆喝着、兴奋着，一年过去了，打了无数个电话（包括越洋的），写了无数封信（几乎全是快递），然后，小小的四册书端上桌，我感到自己微颤的饱和的喜悦，我俯下卑微的汗光盈盈的脸，望着举筷的客人，我几乎讷讷不知说什么来表示我的得意，我的感激……

传统的中国诗人每有一种小小的癖好——作"集句诗"，他们那样巧妙地把诗人各篇中的句子重组，合成一首全新的诗。我做的工作也与他们相仿。

我又像一个微末不足道的贡臣，千里迢迢，捧来日月般的珠玉，云霞般的绫罗，由于手中高捧着宝物，连自己也庄严起来。

。
。

所谓"有情人"，指的并不是绮丽的儿女之情，而是对大我的"关情"，是一切庄严地面对生命的人因倾听而"声声入耳"，因情深而"事事关心"的态度。如果说"爱情"是一切圆熟生命所焕发的自然芳香，

"亲情"则是继春华之后沉甸的秋实，那样庄严地以整个果肉去包覆一粒小小的可以传递生命的种子，"物情"提醒我们重新思考并调整我们和万物的位置，"关情"则是一种独凌绝峰后回过头来对人世的关怀，对大地的尊敬，对民族的归省，对文化的认同……

∴

往古的时代形容文章之美总是以锦绣以珠玉以云霞以百花来比拟。而这本书中带给人看的好文却只觉如麦饼之乏实，如泉水之甘平，甚至如狂沙如砺石，令人入眼掉泪触手渗血。好文章不是按摩器，放在床头助人入睡。好文章是一根结实的杵，在历史的臼里一直捣一直捣，而我们是今秋新收的骄傲的金黄稻谷，直待捣尽我们强硬的壳，使我们露出柔软的稻仁来，我们才能有益于世，才能供人一饱。

∴

"编书，不可惜吗？"有朋友好心地说，"你因此少写不少！"

"不，我因此多读了不少。"我毫不后悔。

"那些彻夜不眠，那些焦思苦虑都如此甘美。"我写给另一个朋友的信里提到，"因为想为自己人做点什么的这份权利和幸福，就越南作家而言已经没有了。"

书稿校完了，远山的栏栅守着城，天覆着云，云覆着屋顶，屋顶覆着人。秋芒草覆着大地，大地覆着种子，这是一个处处关情的世界。

让一切有情人共此有情世界。

# 透明

——序《微笑的人生》

· · ·
。

每次有人对我说：

"你的书，我都看了。"

我的心中的感觉竟然不是喜悦，而是窘迫。

窘迫的原因是我写散文，散文是一种透明如水晶的文体，你自己无所遁形，我至今仍不知如何面对把我读得清清楚楚的读者。

有时不免想，还是写诗好，写起诗来虚虚实实，可以掩藏，如果用珠宝作比，也许是像猫眼，对准光一瞧，似有似无，一双神秘的眼瞳开阖，诗的妙谛全在那一张一闭之间了。

而小说也不错，小说是珍珠，谨慎地将那一粒沙包覆再包覆，你只见一层层润泽，一丝丝霓光，你到哪里去考证那一粒原始的沙呢？

戏剧是钻石，全靠割切得宜，观众一时只见光芒，哪还寻得出细细的割切面。

　　写散文，对作者来说，恐怕是一种最赤裸的暴露吧！

　　然而，至少就我个人而言，我是喜欢读别人的秘密的，现实生活中，我们有门有墙、有锁、有衣服、有地位，可以作为自己的保护膜，而散文却把最柔弱最不设防最透明的一向不为人知的我泄露给别人看。作为一个作者，我不喜欢做散文作者，但作为一个读者，我却喜欢是散文读者。

　　《宇宙光》杂志收集了八年来许多名家的散文，集为一册，八年来我曾一一读过，今天重读，依旧怦然心动，像七夕的夜晚，端坐瓜棚下，听到天上鹊桥边的情话的惊喜。

　　这本《微笑的人生》也是另一番情话，亲子之情，自然之情，天体之情，你也来瓜棚之下听听这些散文作者最无所隐的情话吧！

216

# 摘心

:
:
。

　　曾有一个下午，我们——一群"很健康的残障青年"，和晓风女士共度了一段愉快的时间，对于我们心领神会的讲词，不敢自专，愿意借《时副》一角和大家共享，一方面也希望社会能正视我们的存在，投给我们鼓励的掌声。

各位朋友：

　　很久很久，我没有答应年轻人要求我演讲的邀约，但对你们例外，因为一年前我曾原则上答应过，后来因为事忙而来不成，在我心里，我一直觉得欠着你们，所以，我今天来了。

　　也许太久没讲话，我有点惶恐，不过我真正不安的原因却是我一直不习惯去指导别人，做权威状，有时碰到有人要我去讲婚姻，我就很烦，我说，我也没什么经验，不过结过一次婚就是了。

我今天能有什么可以给你们的指导？没有，只不过分享一下我心里所想的东西，而且我想先讲一个故事——这……好像很没学问，把你们看作小孩子似的，可是，我很喜欢这个故事：

古时候，有一个皇帝，这人东征西讨，把一只眼打瞎了，换句话说，他身体上也有一种残障，和你们一样。后来，你们大概也知道，做皇帝的总要有一张画像，于是他召来一个画工，画工很为难，皇帝身上这点毛病是画好呢，还是不画好呢？他终于决定把皇帝两只眼画得炯炯有神，不料绘像呈上去，皇帝大发了一顿脾气，把画工的头砍了，另换了一个画工。第二个画工当然很害怕，也许他是个写实派吧？就照实把皇帝的独眼画下来了，倒霉的是，皇帝也不喜欢这张，画工的命又没了。第三个画工被召来的时候当然更怕，可是，毕竟让他想出一个好方法来了，你们猜是什么？眼罩？不行，别忘了，那是古代，是皇帝，当时那位画家很聪明，他为皇帝选了一个特别的姿势，他让皇帝手里张着一把弓，并且对准目标瞄准——很自然地，皇帝闭着一只眼瞄准，一点不减损他威武的形象。

当然，各位不是皇帝，没有资格找画家来为你们画像，可是我们自己就是自己的画工，可以为自己画像，我们要留下一幅怎样的画呢？我们也应该懂那个聪明的手法，找一个最好的角度来表现自己，既不是夸示自己的残障，也不是隐瞒自己的残障，而是为自己找到一个适当的表达姿势。

说到这里，让我再讲一个故事，这一次不是什么皇帝的故事了，是我自己的故事！

我小时候，六岁，却长着一副大高个子——当然我现在也不高，我所有的高度好像全在小学毕业以前一股脑长完了，不幸的是我偏在那时候长得那么高。小学一年级开学那天，跟着妈妈到校，不知为什么撞上一位老师，她朝我望一眼，武断地说：

"长得那么高，站在一年级太难看了，去，去，到二年级去站。"

鬼使神差，我居然直升二年级，我其实应该还算智力正常的小孩，只是忽然夹在一批二年级的学生里，显得处处不合节拍。我的初期学校生活是很不愉快的，好像是一种少数民族，一种落后的少数民族。这种挫折感真可怕，我至今记得当时正满头大汗写着毛笔字，忽然一声钟响，又要上体育课，我这种草莽之民不懂规矩，居然抱着墨盒子跟着人跑，笔也不敢放下，因为老师没说要放下呀！结果，各位可想而知，墨盒打翻了，裙子染黑了，我第一次知道什么叫"处处不如人"的自卑感。人小的时候真不幸，因为碰到不如意事，找不到一点思想来依恃来下台阶，当然也还没学会轻松自嘲。后来上了中学，功课倒还罢了，最让人痛苦的是体育成绩糟得要命。小学时打躲避球，我永远第一个"死"，中学更麻烦，永远在及格边缘。成绩坏倒在其次，体育老师有时不免冷嘲热讽，我掷垒球的时候，老师总是骂我姿势不正确，像在推铅球，妙的是我推铅球的时候呢，老师又说是像掷垒球。要是掷手榴弹（当然是假的），挨的骂就更凶了："掷得这么近，哼，炸死你自己还差不多！"这些事现在还来谈它干什么呢？已经都过去了。一直到后来我才搞懂为什么我的体育成绩如此糟，原来我是"平脚板"，那时候根本不懂，是因为整个弹性比别人差，我只知道自己并不是"装秀气""装小姐"，只知道自己也曾尽过力，但身体上小小的缺憾却是无法克服的。但现在回顾这些往事我怨恨吗？不，也许对那种老师有淡淡的遗憾，但现在想起来，身为一个基督徒的我，非常喜欢一句话："如果上帝关了一扇门，他自会另外给你开一面窗。"想来身上带着小小的平脚板的缺憾也没什么不好，这也许刚刚好正是我从小喜欢安静地坐在那里读书的原因。我之所以会呆呆地望风出神，望月深思，恐怕多少和我的平脚板有关吧。由于体能受限制，心智就格外活跃，算起人生的账来怎么去分辨小小的残障到底是祝福还是诅咒？至少对我而言，我已学会跟我的平脚板和平共存，我至今忍受它的不方便，但我心中竟不免对它有小小的感激。

前不久，我忽然迷上种花，有一次，打电话问一个行家，她在电话里说："哦，矮牵牛啊！记得要摘心哪，愈摘，花发得愈好。"其实那番道理我早就懂，只是她是一个美丽慧黠的女孩，听她这么说，简直像听人说法似的，处处禅机。想起小时候在屏东，院子里有木瓜，

木瓜正发得兴头，冷不防我们小孩就把它的头摘掉了，再发，再摘，摘两下，木瓜就变聪明了，它知道还是赶快向旁发展为妙。鲜艳的矮牵牛花也是如此，我们把直往上冲的花心摘了，结果反而促使它从旁边发出四五枝分干来，生物的本能似乎是愈挫愈勇的。

在各位的生命历程里，残障的经验可能都曾一度使你们遭到摘心之痛，但生命的本能就是用最委婉的方式求得其生存和飞扬，天地是宽厚仁慈的，失去的一枝主干，自有四五枝旁干来补足。一个繁花齐开的花季仍是可预期的。

（伤残青年协进会提供）

# 住得下去的地方

:
.
。

　　一个城，住不住得下去，照我看，不在市长大人好不好，不在议员先生够不够格，而在生意人，特别是小生意人够不够神气。

　　那天晚上，友人兴冲冲地要带我到香港的"香满楼"吃些稀罕东西，包括加拿大来的巨形象拔蚌（象拔就是象鼻的意思）、泰国来的鳄鱼和新疆来的马尾牛。

　　可是，让我念念不忘的倒是餐馆门口一个背街而坐的洋裁师傅，他不徐不疾地踩着缝衣机，替人改西装裤子，好像一件是港币八元，我走近去看，他也不理人，只一心改一件白长裤，我望见他头上挂了一面牌子，上面写了三行字：

　　贵客交来物件
　　如有任何损失

各安天命

上了朋友的车，我反复学这几句话，自己痛快地笑了个饱。

香港这城可以住，因为有个如此富于禅意的"流动洋裁师傅"。

●<br>○

他们都说马来西亚波托生海滩那边的阳桃是全世界最好吃的，我们路过一间"傅发果园"的时候便停了下来。

阳桃不到时候，我们跟园主随便聊聊天。

忽然，我看到墙上贴着一张纸，纸上写着几行毛笔字：

无私以克贪欲

宽恕以克愤怒

真爱以克憎恨

容忍以克妒忌

谦诚以克自傲

"谁写的？"

"我叔叔写了给我的。"

字写得不是太好，他叔叔显然不是书法家，纸质也差，小小的一幅，看来不是当摆设挂的，而是当家庭格言挂的。

他说了很多，他说到种族之间的龃龉摩擦，说到华人的受难，他的孩子在果树间跑来跑去，我知道，受难是一回事，他会守着这些榴梿树、阳桃树、释迦树……以及墙上所贴的叔叔手书的动人的格言，在别人的土地上，做一个中国人。

波托生是可以住的，那果园主人诚恳宽大的黑脸上反射着那些字："无私以克贪欲……"

∴

我招手，一出租车停下来，我钻了进去。

咦，怎么有个老太太坐在里面，她太矮，缩在位子里，在车外看不见。

"你放心，老太太马上就下车，她到行天宫去拜拜，反正她要下车，你早点上来不也是一样吗？"

说的也是，两得其便，我不必再等空车，他呢，"预先"拉好了客人。

坐定了，再仔细一看，这家伙车中还贴有标语，句子是这样写的：

工业社会

時間即是金錢

下車早備零錢

以免耽擱時間

不得了，這人真是講求效率，而且看來他也說到做到了，當局應該請他當個什麼市政指導之類的官。

可惜那老太太不識字，對他那些字一個也不懂，行天宮到了，她一徑慢慢地數錢，又死不放心地一遍一遍地問那個大門走進去是不是行天宮。司機反復保證絕對是行天宮沒錯，我也一起做義務證人，老太太耳朵又重聽，要把她打發下車可不簡單。

"你不是說時間就是金錢嗎？"

"可是老太太告訴我她九十多啦，她一個字也不識，她哪裡知道什麼工業社會啊！"

看來他不但握有工業社會原則，還能應用農業社會輔則來知權達變一番。

台北這城是可以住得下去了。

⠿

我到信義路郵局寄信，郵局門口一個攤子擺在地上，賣些衣物。

攤主在紙板上寫了一篇短文：

许多有钱人游遍世界各国观光后都说，还是中国台湾"好"！

治安好，风光好，物美价廉，样样俱全……瞧！这么漂亮的衣服只卖"七十"元！

真是好文章，简直是名家手笔，有章法、有义理、有考据、有辞章，我看他是桐城派的传人。

我怎能错过跟这种人结交？我赶快向他买件衣服，一面又偷偷抄下他的奇文。不过我又怀疑他是"违警小贩"，管他的，警察未必写得出如此好的传世文章，如果连"违警小贩"都有如此文学道行的话，台北这地方究竟还是可以住得下去的！

∴

前方是幽静的稻香路及茶园

两旁及后方尽是

一片无垠的绿荫

松香、茶香交织

使人不饮也醉

咦？这是什么东西？一首新诗吗？不是，是《"中时"·人间版》第一版下面的房屋广告。

盛唐时候买卖房子要不要"有诗为证"？好像没听说过。台北市的房屋商人却都雅得比李白、杜甫还厉害。奇怪的是，房子确实卖掉了，可见诗在台北至少可以养活房地产商人。

　　满广告版都是诗，不管卖房子的、卖冷气的、卖奶粉的。这种城，你到哪里去找？所以，我说，台北这地方可以住得下去！

# 民族主义者的自白

## —— 一九八二年尔雅版序

曾昭旭

．
．
。

我一直很纳闷：晓风为什么要找我为她的散文集写序？我既非文艺作家，也不算在从事文学批评，甚至，连晓风这个人我也只有数面之缘。对她的认识，除了来自报端偶尔一读的她的作品，毋宁说大都得诸传闻。而传闻是不可信的，它们不但经常彼此矛盾，且即使不矛盾也只属意义不确定的片断现象，因而只堪存疑的。究竟我何所知于她而足以为她写序，她又何所知于我而竟敢请我写序呢？

我当初之所以答应，大约只因在通电话的造次之际，无暇细想，因而随顺我耳软的习气胡乱应允的吧！

因此，刚一放下电话，我的纳闷就升起了。

但事已至此，也只有先读读她的集子再说。

而说来其实惭愧，我到如今才算认真细读过她的文章，然后自其中，我慢慢剥落种种传闻的印象、文章的华彩，而认识到作品内里的这位主人，且深深地爱重她了。

　　于是，我甚至自以为是她的知己，有义务去介述她的菁华。

　　当然，我依然不是文学家或者文评家，对晓风丰富的想象力与婉转多姿的文笔不能赞一辞。但我本来就认为作为一位作家的要义原不在此，而晓风之所以为晓风，毋宁在她内里的爱。

　　而爱，不是指男女的怨慕、亲子的关情、朋友的道义或家国的激昂，而是指那普遍洋溢于一切存在之上的爱之自身。然后，男女的怨慕才真成为怨慕，家国的激昂才真成其为激昂。

　　要成为一位作家，乃至成为一切形态的志士仁人，都是先得自男女亲子友朋等等个人的经验中提升超越，以触及那普遍洋溢的爱才行的。

　　因为人必须先具此超越洋溢的宇宙情怀，才能具体落实去爱世上一切众生，而不致封限于某一特定对象中以成为私爱。

　　古语说："老吾老以及人之老，幼吾幼以及人之幼。"是的，林觉民便是因深爱他的妻子而顿觉天下有情人不能成眷属之可悲，因此毅然离开他的妻子去为天下人致其身的；海伦·凯勒亦因一己之盲聋的痛切经验而推爱及于世上一切盲聋之人而成其为海伦·凯勒；史怀哲亦因一己身世之幸而反照见世人之多不幸而投身非洲黑暗大陆而成其为史怀哲。至于孔子释迦基督之所以为孔子释迦基督，乃至一切人之所以为人，也莫不因有此与一切人同情的心怀所致。而此一普遍的心怀，我在读晓风的作品时，深幸能时时觌面。

在《前身》中，晓风如此宣示："当我们读一切历史、一切故事、一切诗歌的时候，我们血脉偾张，我们扼腕振臂，我们凄然泪下，我们或哂或笑，或歌或哭，当此之际，我们所看到的岂是别人的故事，我们所看到的是我们自己……"

于是，无论是俞伯牙陶渊明、孔夫子陈子昂、诸葛亮白素贞汉高祖，乃至西方小说中的顽强渔夫梦幻骑士，一例都是我们的前身。"我们在一切往者身上看到自己。我们仿佛活了千千万万遍，我们仿佛经历了累世累劫。"的确，仁者与天地万物为一体，而我们每一人本来都是仁者。

于是，我们之所以若与人陌生而无情，并非因我们生命本质中与人有隔，而只因为缘的偶未曾至。当惊鸿乍现，人与人是可以当下结为兄弟的。真的，"好天好日，好风好鸟，我们觉得跟每一个擦肩而过的人都有一段好因缘。"也许因着一把豆子，也许因着一件毛衣，也许因着一匹挂红。此一树与彼一树，虽若渺不相属，而实可以异株而同根。每一缘之所发，都沟通了两个远离的生命，而印证了亘古的爱之自身的存在。因此，每一种形态的交会都是宇宙混沌的灵光爆破。"印度人一向认为凡是两河交汇点一定是圣地"，晓风也一向认为凡"心思灵明的交会也是神圣的"吧！

然后，人才真可以于世上的一切人事、一切器物、一切历史有所感激，有所爱护，乃至于有所抱憾，有所愤激。因为这种种感情，都直出于人性中最高贵的理想最纯洁的爱。

"我们是受人布施的托钵人，世界人群给我们的太多，我至少应该记下我曾经领受的食物名称。"

而我们所领受的食物岂止是现实的黍稷稻粱，更是抽象的文明礼乐；我们所长成的岂止是区区百年的肉体之身，更是累世累劫所积的文化之身。自黄帝以下，我们都已四千六百余岁了，自孔子以下，我们也都已两千五百余岁了。秉此大爱，以爱吾身，而既爱吾身，则焉得不兼爱吾民，以及吾民所有的民族与文化？晓风的心中，于是总有一自"古老的童年时代就玩起的古调"在悠悠向她召唤，那是"一种几乎是命定的无可抗拒的召唤"。这种召唤之无可抗拒，乃因它直来自那普遍洋溢的大爱，且即是那超越之爱的具体落实，或者换句话说，那就是上帝的无上命令，命令人即从热爱其自己以彰显上帝的荣光。晓风说："真能使我血脉偾张、心如捣臼的仍是一张张中国人受苦的脸。"为此晓风自信地肯定"连上帝也必须原谅我小小的自私"，而我则毋宁认为须得如此才符合上帝的旨意。

于是，晓风以其亲身，印证了做一个赤诚的民族主义者与做一个虔挚的基督徒之两不相妨且实两相成全；换句话说，印证了落实具体的爱之表现与超越普遍的爱之根源实为一体。而我亦终于了解晓风何以足知我我何以足知晓风，乃因我虽不是基督徒而实与晓风在形而上处共此大爱，且在落实处共此民族共此文化。

然而，真落到现实上去爱是很艰难的，它全不像抒发对宇宙情怀之体验那样，心境可以如此洁净精微、平安喜乐，它是要面对人间的残缺与自我的有限。在晓风年轻时，也许是我的错觉，我曾觉得她的情怀太浪漫，太文学，不真知人间的严肃与艰苦。而如今读她的"情怀"，始觉得她已渐成熟，可以不只是做一个文学家，而更去做一个人道的实践者。她说："行年渐长，许多要计较的事都不计较了，许多渴望的梦境也不再使人颠倒，表面看起来早已经是个可以令人放心循规蹈矩的良民，但在胸臆里仍然暗暗地郁勃着一声闷雷，等待着某种不时的炸裂。"她的生命的确已不是青年式的飞扬跳脱，而是终于慢慢明白，在这个世界上自己能管的事太少。但尽管少，遇到时还是不能不管的，因为那本来根于那普遍永恒的爱，虽然偶因未遇而像闷雷之郁勃，但时机对上了仍自然要炸裂。于是，"像古代长安街上的少年，耳中猛听得金铁交鸣，才发觉抽身不及，自己又忘了前约，依然伸手管了闲事"。

晓风遂为了赫氏角鹰仆仆风尘。

莫错看了这一鹰之区区，人之肯放弃非轰轰烈烈的大事不做而平平实实做身边的小事，便是成熟的象征。所谓"能近取譬，可谓仁之方也已"。国家民族、文化社会之爱，哪里是浪漫激情的自我宣泄？实在得是人我间一点一滴的落实交流。因为只有在人我的交流中、在两像的辉映间，才能见得到最真实动人的人间至情啊！

于是曾经少年而浪漫的晓风，如今是如此平实而聪慧，她说："在这块温暖而富生机的土地上，让我们这些平凡人各亲其亲，各子其子。这样，或者也可算是对那些身在劫数中不能亲其亲的人类手足的一种同情吧！"

•
。

这整一本书，可以说是一个民族主义者张晓风的自白。而我虽也一向自许为一个民族主义者，而实在诸多地方与晓风有极大的不同。今我秉其异而观其同，竟在读完全书之后有着极深的感怀，且深信如此之感怀必大不同于一般纯以文学的眼光去读的感怀。我以是终于知晓风为何要我来写这一篇序，她是要我以这支理性之笔，去印证她那份感性之怀吗？而理性感性之相知，岂不因于它们亦是异株而同根？唐君毅先生尝有言："在遥远的地方，一切虔诚终必相遇。"愿世上一切异路众生，因读此书而兴怀。

附录二：

# 为今日的自己招魂

## ——一九八二年尔雅版后记

张晓风

·
·
。

　　据说，在一栋老旧故宅的门柱上，有母亲为我画下身高记录的刻痕，我有时有点好奇，想看看那一截一截往上升的线条是怎样的，如果自己亲手摸，会不会像触到年华岁月一般惊颤？然而故宅太远，回不去了。

　　喜欢岁月和风霜的感觉，喜欢绣楼上的王三姐刚脱新娘衣服便悠悠十八年过去，她变成一个强悍的、蹲在武家坡的土岩上挖野菜的妇人，十八年前自有其春天，春日楼头丞相府中的女孩自有其天真的激情，后花园里也自有其永远重复的情节，但毕竟十八年已过去，她只顾在沙尘中挑起一棵野菜。

　　白居易晚年的时候，很不以众人传诵他的《长恨歌》为然，同为执笔的文人，我很相信白居易并不后悔写了《长恨歌》，他气的只是别人似乎已把"完整的白居易"变成"有限的《长恨歌》"，他渴望别人认识他更多的层面，我自己在别人提到《地毯的那一端》的时候也有类似的懊恼，我仍然肯定当年二十三岁的我，当年作品中的稚拙，也不觉有必要去脸红，但我更心许的却是今日的自己。

把今日的自己招魂，浓缩为一本小小的书，便是这本《我有一片风景要完成》了，这是截至目前我对自己最满意的书，希望别人也是。

**图书在版编目（CIP）数据**

我还有一片风景要完成 / 张晓风著 . —— 长沙：湖
南文艺出版社，2019.2
ISBN 978-7-5404-8801-7

Ⅰ . ①我… Ⅱ . ①张… Ⅲ . ①散文集—中国—当代
Ⅳ . ① I267

中国版本图书馆 CIP 数据核字（2018）第 156732 号

**著作权合同登记号：图字 18-2018-103**

本书由台北九歌出版社有限公司授权出版

上架建议：名家·散文

WO HAIYOU YI PIAN FENGJING YAO WANCHENG
**我还有一片风景要完成**

作　　者：张晓风
出 版 人：曾赛丰
责任编辑：薛　健　刘诗哲
监　　制：蔡明菲　邢越超
策划编辑：蒋淑敏
特约编辑：李乐娟
版权支持：文赛峰　张雪珂
营销支持：文刀刀　张锦涵　傅婷婷
版式设计：李　洁　张丽娜
封面设计：利　锐
出版发行：湖南文艺出版社
　　　　　（长沙市雨花区东二环一段 508 号　邮编：410014）
网　　址：www.hnwy.net
印　　刷：北京市雅迪彩色印刷有限公司
经　　销：新华书店
开　　本：880mm×1270mm　1/32
字　　数：148 千字
印　　张：8
版　　次：2019 年 2 月第 1 版
印　　次：2019 年 2 月第 1 次印刷
书　　号：ISBN 978-7-5404-8801-7
定　　价：46.80 元

若有质量问题，请致电质量监督电话：010-59096394
团购电话：010-59320018